# *Inhalt*

# *I Letzte Lieferung*

## *Letzte Lieferung*

M. D. u. H. – Sie haben bestellt
die besten Gedichte von der ganzen Welt.
Hier kriegen Sie, wenn's beliebt,
die süßeste, wildeste Lyrik wo gibt.
Hier gibt's – ganz speziell für Sie
Poesie.
Strophen gibt's, von einer Qualität,
wie sie heute, wie ich finde, ziemlich einzigartig dasteht.
Nirgends finden Sie zur Zeit
Verse von vergleichbarer Vollkommenheit.
Bei Rhythmusstörungen und schadhaftem Reim
haben Sie selbstverständlich Rückgaberecht.
Spitzengedichte! Bitte sehr:
Nehmen Sie dieses! Ich habe noch mehr.
Ich habe sie alle in einer Nacht
mit meiner Hilfe zustande gebracht.
Was immer des Menschen Seele bewegt,
hab ich in diese Verse gelegt.
Sie finden unter anderem darin
Kraft und Bedeutung, Gehalt und Sinn.
Nichts zu danken – habt mich gern,
meine Damen, meine Herrn!

# *II Untergänge*

## *Unwiderstehlich*

Zwanzig Stückchen Käsebrot,
einunddreißig Veilchen
biet ich Dir, Gevatter Tod.
Verschon mich noch ein Weilchen!

## *Verflucht*

Walfischgroße Schlammlawinen,
Hagelknödel, zentnerschwer;
unhandliche Schmatzmaschinen,
Pfützennudeln, Schmalz und Schmer!

Haufenweise fette Schwaden,
Tümpel voller Butzenschleim,
Krümel, Brösel, Glitsch und Maden,
Schlauben, Fusseln, Hänschenklein!

Solche Unflatapparate!
Krümel – war schon? – dann halt Dreck!
Modder, Schrott und Kochsalate –
Leute, lauft doch nicht gleich weg!

Bleibt doch hier! Es kommt noch schlimmer!
Reicht's Euch? Habt Ihr schon genug?
Alle weg! So ist es immer.
Mist! Das ist des Dichters Fluch!

## *Schluß jetzt!*

Keiner hat den Krach vernommen,
keiner hat den Lärm gehört,
keiner sah das Unheil kommen.
Keinen hat es dann gestört.

Und was habe ich geschrien,
hab getobt und hab gebrüllt:
»Leute, bittschön niederknien!
Denn die Zeit hat sich erfüllt!

Euch geht's allen an den Kragen,
Ihr kriegt einen auf den Hut!
Laßt Euch nur das eine sagen:
Ihr seid allesamt ...« – »Schon gut«,

sagt da einer, der am Tresen
breit und voller Bier da stand,
»Bruder, sag, kannst du nicht lesen?«
Und er deutete zur Wand.

Und da stand weiß Gott geschrieben,
daß die Zeit erfüllet sei.
Jedem blieben jetzt noch sieben
Biere und dann sei's vorbei.

## *Der Weltuntergang*

Wir reiten durch Nacht, wir reiten durch Wind,
weil wir apokalyptische Reiter sind.
Ich bringe den Tod, ich trage die Hippe,
mein Pferd ist praktisch nur ein Gerippe;
das hat stark apokalyptischen Reiz
und verbreitet viel Ängste allerseits.

Wir bringen das Ende, wir bringen die Pest,
wir bringen Dich um und besorgen den Rest,
das rasselt und klappert und läuft wie geschmiert;
wir sind ja zu viert.

Wir sitzen beim Bier, und zwar alle vier
apokalyptischen Reiter;
wir trinken noch eins, dann schlagen wir zu –
die Welt, die geht unter

und AUS
bist
DU!

## *Der Untergang des Steuermannes Karl Bunkel*

Karl Bunkel geht – sein Kopf tut weh –
den Rucksack voller Sprit
zur letzten Fahrt auf hohe See,
und Freund Hein fährt mit.

Hinter ihm, am Horizont,
weit entfernt und blau,
steht sein Haus und ist bewohnt
von der Steuerfrau.

Vor ihm aber dehnt das Meer
sich in weite Ferne,
das mag unser Bunkel sehr,
und er hat's auch gerne,

wenn der Kapitän ihm sagt:
»Bunkel! Hoch die Tassen!
Prost auf das, was uns behag
Alle Mann zum B ssen!«

Sturm kommt auf, die Zeit vergeht,
es zieht, und alle trinken,
der Käpt'n grölt ein Stoßgebet:
»Du lieber Gott, wir sinken!«

Bunkel wankt ans Steuerrad,
schaut aufs Barometer.
»Minus hunderttausend Grad!«
schreit er, und dann geht er

wie ein Panzer über Bord
und ist gleich ertrunken.
Kaum war er zwei Stunden fort,
ist das Schiff gesunken.

Doch die Steuerfrau zu Haus
sieht zur selben Stunde
plötzlich die Klabautermaus
mit dem Mann im Munde.

Später las sie, wie es war,
in der Seemannszeitung,
denn dort stand ein Kommentar
der Marineleitung:

»Tiefbewegt und tränenblind
kam uns jetzt zu Ohren:
Bunkel sank bei starkem Wind
nördlich der Azoren.«

## *Katastrophal*

Sehn zwei Herrn wie ich und Du
einer Katastrophe zu.
Sagt der eine: »Seh'n Sie? Dort?
Der Reaktor, der ist fort!«
Sagt der andre: »So ein Loch!
Eben stand das Kraftwerk noch!«
Sagt der eine: »Seh'n Sie Rauch?«
Rauch, den sieht der andre auch.
»Sehn'n Sie dort die Strahlendosis,
die wo heut besonders groß is?«
Doch der andre sieht nur Licht –
andre Strahlen sieht man nicht.
»Seh'n Sie«, sagt der eine, »klar!
Dieses Zeug ist unsichtbar!
Fühlen Sie nicht mit der Zeit
eine kleine Übelkeit?«
»Ja!«, dem andren, dem wird schlecht.
Sagt der eine: »So ist's recht!«
Ochch – der andre muß gleich spei'n!
»Kein Grund, hier so rumzuschrei'n!«
Sagt der eine: »Geht's nicht gut?
Nehmen Sie doch Ihren Hut!«
RÖCHEL – HECHEL – KOTZ und SPEI –
WÜRG und STÖHN – gleich ist's vorbei!
Dieses Ende, das ist bitter.
Und der eine, der sagt mit der
letzten Atemenergie:
»Sehen Sie! ...«

*»Titanic« 11/1979 (das erste Heft dieser Zeitschrift). Daß das Photo dazu Kanzler Schmidt und einen Herrn im Zylinder zeigt, macht nichts.*

## *Würden Sie bitte die Gewalttaten einstellen!*

*Eine Phantasie in mehreren Fehlversuchen*

I

Kommen Skinheads auf mich zu –
wat nu?
Jetzt heißt's blitzschnell überlegen,
was ich tu.
Kommen näher währenddessen:
böse Stiefel, schwere Fressen!
Kommen wie im Wilden Westen.
Wegrennen? Zu spät! Am besten
ruf ich: »Hilfe! Ich bin bloß
schwarz und schwul und obdachlos!«

II

Immer näher: Baseballschläger,
LONSDALE-Hemden, Hosenträger.
Ich soll mich korrekt betragen,
wenn sie mich zusammenschlagen?
»Elende Faschistenbrut!
Wißt Ihr Säue, was Ihr tut?!«

III

»Komm den Skinheads zart entgegen,
Du gewinnst sie auf mein Wort!
Doch bist kühn Du und verwegen ...«
Und so weiter und so fort.
Goethe! Können wir dem trauen?
Außerdem spricht er von Frauen!

IV

Darf ich – wäre das mein Schaden? –
die jungen Herrn zum Bier einladen?
Oder gleich – VOLL ROHR! –: »Ich bin's!
SUPERMANN! – Jetzt traut Euch, Skins!

Schaut Euch noch mal genau an,
solang man Euch erkennen kann ...«
Augen zu und durchgestanden.
Gleich bin ich nicht mehr vorhanden.

V
Wär ich doch ein Terrorist!
Könnt Euch zeigen, wie das ist!
»... erst geköpft und dann gehangen,
dann gespießt auf heiße Stangen ...«
Mozart! Doch mit der »Entführung«
kommt Ihr selten in Berührung?

VI
Noch ein letzter Fehlversuch.
Ein Gedicht! Dann ist's genug:
Die Gewalt im Allgemeinen
muß der Bürger strikt verneinen,
sonst kriegt er eins auf den Hut,
bis er sie verneinen tut.
Im Besondren hilft Gewalt
in so manchem Sachverhalt.
Mit Gewalt fällt vieles leicht,
was man ohne kaum erreicht.
Aber aber ach wie bald
schwindet Blödheit und Gewalt,
und uns bleibt hienieden
nur ein bißchen Frieden ...

VII
Treten Skinheads auf mich zu –
nu kommst du!

# *III Satire*

*Patriotie*

Das Wichtigste liegt in der Mitte!
Bitte:
Streich weg das DE und am End das AND:
DEUTSCHLAND wird hiermit UTSCHL genannt.

*Klassisches*

*Erzeugnis*
Goethe hat tausend gemacht; Zweizeiler in diesem Rhythmus.
Distichon nennt man so eins! Dies hier ist besser als keins!

*Erholung*
Immer schon treibt sie mich um, die Frage nach der Lektüre;
Lese ich Buch um Buch? Reicht nicht bei vielen der Kauf?

*Erbarmen*
Ober! Mir noch ein Buch! Ein Buch mit rohen Problemen!
Ober! Wenn ich dann les: stell einen Kotzkübel auf!

*Erstaunen*
Liest Kanzler Kohl ziemlich viel; und mehr noch hat er geschrieben.
Wenn er dies auch noch liest, Himmel! wann wird dann regiert?

*Erkenntnis*
Wie, so frage ich jetzt, bekommt den Büchern die Nässe?
Sie zu verbrennen wird schwer; leicht aber quellen sie auf.

*Erlebnis*
Liest der Vater und meinet, schöner sei nix als lesen.
Mutter schüttelt den Kopf, schaltet den Fernseher ein.

*Erwähnung*
Böll, so sagen die meisten, sei ein gewaltiger Heinrich;
Wird er von manchen beschimpft; heftig von Henscheid. Und wie!

*Erwartung*
Treff ich den Schriftsteller Grass, und zwar auf der Herrntoilette;
Stehn wir nebeneinand', sehn wer den kürzeren zieht.

*Erfahrung*
Stell Dir mal vor, Du schwebst, und zwar mit den Füßen nach oben;
Ist für das Lesen nicht gut, hängt die Krawatt Dir ins Buch.

*Erquickung*
Schladerer, das ist ein Schnaps, auch Calvados, Grappa, Tequila.
Geist in so mancher Gestalt; Handke ist Eierlikör.

*Erweckung*
Lies solange Du lebst; es gibt kein ewiges Lesen;
Reicht es, wenn ich »Zettels Traum« erst auf dem Sterbebett les'?

*Erschlaffung*
Beispielsweise Fontane – Romane sind auf dem Sofa
Schöner zu lesen als wie Rilkegedichte im Krieg.

*Ermunterung*
Haben die Distichen heute noch eine gute Adresse?
Ich würde sagen: ja! – Barfüsser Tor Nummer zehn!

*Erklärung*
Schadhaft fast alle meine Verse; was nützt da die edelste Absicht!
Lehrmeister Solms – ich geb zu, dass ich mehr will als ich kann.

*Die da oben*

Der Chef geht nie aufs Klo
er macht in seine Tasche
die trägt er dann aufs Fundbüro
samt seiner Pinkelflasche

*Gesang vom Humankapital*

*»Es ist ein ganz wesentliches und entscheidendes Verdienst von Gesangvereinen, von Heimatvereinen, daß unser Land heute auf der einen Seite zu den großen Industrienationen der Welt gehört, aber zum anderen ihr menschliches Gesicht nicht verloren hat.« Kanzler H. Kohl, zum 125jährigen Bestehen des Deutschen Sängerbundes, Frühjahr 1987.*

Mein lieber Herr Gesangverein
sangverein, sangverein.
Horch, was kommt von draußen rein,
Hollahiaho

Es ist die Industrienation
strienation, strienation;
die große Industrienation
mit menschlichem Gesicht.
Duljöh.

*Aus der Wirtschaft*
*Die Zeichen mehren sich*

Der Täter tut
die Mutter muht
der Hüter hütet seinen Hut
Die Welt ging unter
gestern nacht
das hat einen ziemlichen
Krach gemacht

Was das bedeutet – wer weiß es? Ich!
Die Zeichen für Konjunkturschwäche mehren sich.
Es mehren sich die Konjunkturschwächezeichen,
nehmen Sie nur das Steinerweichen.
Als Zeichen ganz besonderer Schwächen
hört man von Dingen, welche brechen.
Der Wasserrohrbruch – auch er ist nur
ein Schwächezeichen der Konjunktur.
Und daß grad solche Zeichen sich mehren,
was will uns dieses Mehren lehren?
Da sagt uns die Betriebswirtschaft,
der Konjunktur fehlt es an Kraft?
Wir wissen es besser – das kann nur ein
Zeichen für Konjunkturschwäche sein.

*Schikane*

Ohne Anlaß schreit der Chef:
»Wäh! Mich ärgert dein Gekläff!«
Und er kündigt seinem Hund
fristlos noch zur selben Stund.
Er muß nun neuen Hund anstellen
oder selber bellen.

## *Die neue Nachdenklichkeit*

*Chaot:* (Dabei, eine Schreibmaschine zu zertreten)
Ha – elendes Gerät!
Und wie man sieht,
erhältst von meinem
Fuß Du einen Tritt!
*Schreibmaschin:* `qwertzuiopü`
*Chaot:* So nimm denn hin mit allerschönsten Grüßen
Du diesen Tritt, und zwar von meinen Füßen!
*Schreibmaschin:* `asdfgghjklöä`
*Chaot:* Lalülala – es tönen die Trompeten!
Ich bin dabei, die Schreibmaschin zu treten;
schon hol' ich aus mit meinem Lieblingsfuß,
doch zaudert zagend mein erhobner Fuß –
Warum? Weil ich noch was bedenken muß.
*Schreibmaschin:* `yxcvbnm,?`
`1234567890+ß'ß+987654321`
`ÄÖÜLKJHGFDSA`
*Chaot:* Halt inne, Schreibmaschin! Dir werd' ich's zeigen!
Ich bringe Dich mit einem Tritt zum Schweigen!
Ich könnte Dich mit einem Schlag – doch halt:
Wie halte ich es denn mit der Gewalt?
Wie, wenn das alle, alle täten?
Und jeder würd' die Schreibmaschine treten?
Zwar hat's ein jeder schon mit Dir getrieben,
hast jeden Scheiß getippt und mitgeschrieben.
O Hure Du, Du Luderdirn' des Geistes,
gefügig bist Du jedermann, und heißt es:
Hau rein den Text! – bist Du das Instrument,
das alles schreibt und keine Hemmung kennt;
zu denken, dass Du jedem Affen dienst,
Du, die Du mir so rein und sauber schienst!
Ob Mahnung, Haftbefehl und Liebesschwur,
Geständnis, Briefe, Hochliteratur,
Gedichte gar, Du warst Dir nicht zu schade,
Dir war's egal, Du kanntest keine Gnade.

Drum sollt' ich, magst Du noch so wimmern,
Dich zertrümmern!
Und magst Du noch so schrein und beten,
Du bist jetzt dran, Dir hilft kein Gott, kein Retter,
wenn ich Dich alle mach' und Dich zerschmetter'!
Und doch! Warum hab ich's nicht längst getan?
Was hindert meinen Tritt? Was ficht mich an?
*Schreibmaschin:* ;«=%&()–§/:'
*Chaot:* Sei Du ganz still! Ich schlag' Dich kurz und klein!
In Stücke tret' ich Dich, Du Sau! – Doch nein –
ich schaff' es nicht! Es tut mir tierisch weh,
wenn ich Dich auf der Straße liegen seh.
's wär Sachbeschädigung – ich tu's! –
Obwohl …
Hat darauf auch der Staat ein Monopol?
Halt's Maul! Du Schwein! Da hilft Dir kein Verstellen,
Du dienst der Macht und der Gewalt, der strukturellen,
bist auch ein Teil, gib's zu, vom Dings, von dem
total verschweinten Obersausystem!
Und dafür würde ich Dich gerne strafen!
Doch ach – mein rechter Fuß ist eingeschlafen!
*Schreibmaschin:* ÄÄÄÄÄÄÄÄÄÄÄÄÄ Ä Ä
*Chaot:* (hüpft auf einem Bein, wird von vielen grünen Männern verfolgt)

## *Das formierte Paradies*

Zu End ist nun der Kampf der Klassen und Parteien!
Fanfaren, Orgeln her, die Backen blaset auf!
Leiht, Bürger, mir das Ohr, ich will mein Lied dem weihen,
Was uns so weit gebracht – nach Zank und Streit und Rauf'.

Freut Euch der Harmonie, die uns jetzt hat betroffen,
Verlaßt der Spötter Bank, seid auf ein Weilchen still
Und schließt die Augen zu – die Fragen sind ja offen.
Er meint es gut mit Euch, des Lob ich hudeln will.

Gesellschaft ist formiert, die Reihen fest geschlossen,
Weil Er den Weg gezeigt in trüber, schwerer Zeit,
Die Wunder, die Er rief, wir haben sie genossen,
Vergeßt Ihn deshalb nicht und seine Herrlichkeit.

In Ihm erblicken wir, wie in der Pupp' die Puppen,
Die Wirtschaft, die voll Kraft und Unternehmungslust
Sich oben aufgebaut in einflußreichen Gruppen,
Die sich des rechten Wegs in ihrem Drang bewußt.

Des Eisenwalzwerks Band sowie der hohe Ofen,
Der stolze Förderturm, die emsige Maschin',
Sind all in ihrer Hand bewahrt vor Katastrophen
Und werfen wohl auch ab manch' inneren Gewinn.

Ich singe außerdem die öffentliche Hand,
Das Sozialprodukt, der Güter reichen Segen,
Den Schnaps, der fröhlich macht wie nasser Diamant,
Die Brötchen und das Obst – die Fülle macht verlegen.

Das helle Kokosfett, die länglichrunde Nudel,
Die gelbliche Zitron', der Hort des Vitamins,
Der Suppen üpp'ge Pracht, der nüchtern feuchte Sprudel,
Käs', Butter, Milch und Quark, vom Garten Erbs' und Lins'.

Nach dunkler Wahlesnacht das Licht ist aufgegangen,
Viel Stimmen sind gezählt, und mancher koaliert,
Er tut es ohne Furcht, denn es sind keine Schlangen
In unserm Paradies, das immer bunter wird.

*(Neben einer Photomontage Erhard, Hochöfen, Geldscheine, Alkoholflaschen, Delikatessen, Gesangverein. Nach der Bundestagswahl 1965.)*

## *Verkaufsoffener Samstag*

Wochenend – Wochenend.
Die Glocken läuten laut, es brennt.

Die Tür macht weit, die Taschen auf:
Ausverkauf – Ausverkauf.

Sinnlichkeit – Sinnlichkeit.
Die Menschen kaufen wie net g'scheit.

Die Menschen kaufen, wie gesagt,
wie beknackt.

Ein Mitmensch kauft mit letzter Kraft.
Leidenschaft – Leidenschaft.

Ein andrer tönt – o süße Not:
Sonderangebot.

Lustgefühl – Lustgefühl.
Freund Mitmensch drängelt durchs Gewühl.

Ladenschluß – Ladenschluß.
Die kaufen Amok! Sockenschuß.

Ich komm zu spät – es ist vorbei.
Wehgeschrei – Wehgeschrei.

## *Ode an einen Hammer*

O du Werkzeug,
mit dem man klopft,
einschlägt,
zerteppert –,
du Instrument

des Aufbaus
und des Abbaus,

je
nachdem –,
man kann dich
zu Kriegszwecken
benutzen,
aber auch
zu Werken des Friedens.
Letzteres will ich loben.
Doch das mit
den
Kriegszwecken:
Hammer!
Das
will mir gar nicht gefallen!

## *Die Hobby-Meditation*
*oder: Zen und Un-Zen*

Man kommt ja immer weniger zum Lesen,
ins Kino geh' ich auch nicht mehr so viel.
Theater? Bin ich kürzlich mal gewesen,
was da gespielt wird, ist ein Trauerspiel.

Computerspielen und das Partnertauschen?
Bonsai und Lotto – hatt' ich alles schon.
Was bleibt mir noch? Der innern Stimme lauschen.
Das schönste Hobby ist Meditation.

Da hatt' ich eine mystische Erfahrung.
Sie! Das war doll! Ich wurde eins
mit allen Dingen, und als Offenbarung,
da sah ich noch den Dings, den Grund des Seins.

Der sah so ähnlich aus wie eine Möhre,
so länglich, rosa, innen hohl,
na, will mal sagen, er glich mehr der Röhre.
Der Möhrenröhre? Das geht an, jawohl!

Es war das Sein, da gibt's gar keine Frage.
Sie meinen, es war doch nicht ganz so echt?
Es war es, wenn ich's Ihnen sage!
Wer meditiert, hat nämlich immer recht!

Wir dürfen eigentlich nicht darüber reden,
was wir im Zustand der Erleuchtung sehn,
doch ich versteh', das interessiert ja jeden,
von wegen Nichts und Sein und Dings und Zen.

Also – wie ich so mit dem Universum
so richtig eins war, prima, irgendwie –
da wußt' ich gleich, das haut ja alle Leut' um,
wenn ich's erzähle, nachher, wissen Sie!

Anschließend sag' ich gleich zu Ilse: »Ilse,
ich glaub', hör zu, ich war mit allem eins!«
Doch wie die Frauen nun mal sind – da will se
nicht viel von hören. Sagt nur: »Ach, Karl-Heinz!«

Ich meditiere meist am Wochenende.
Da sitz' ich da und werd' im Kopf ganz leer.
Für mich ist das so richtig eine Wende.
Und Sie: ich brauch seitdem kein Fänsän mehr.

## *Mit Gewalt*

Die Gewalt im Allgemeinen
muß der Bürger strikt verneinen
sonst kriegt er eins auf den Hut
bis er sie verneinen tut

Im Besondren hilft Gewalt
in so manchem Sachverhalt
Mit Gewalt fällt manches leicht
was man ohne schwer erreicht

Nur mit Schlägen kriegst Du ein'
Nagel in die Wand hinein
Nur mit Sanftmut kannst Du ihn
schwerlich wieder rauseziehn

Hört das Fänsän nimmer auf
nimm den Hammer und hau drauf
gibt der Pfeiftopf keine Ruh
nimm den Hammer und hau zu
Denn nur die Gewaltanwendung
treibt die Sahne zur Vollendung
auch der Staat wird steif erhalten
durch die starken Staatsgewalten
und in mancher Schlägerei
is a weng Gewalt dabei
Aber aber ach wie bald
schwindet Blödheit und Gewalt
und uns bleibt hienieden
nur ein bißchen Frieden!

***Haben oder Sein***
*oder: Die wahre Liebe*

Herr Haben liebt Frau Sein.
Er lädt sie zu sich ein.
Frau Sein sagt: gut, ich komm!
Doch eines müssen Sie mir versprechen, ja? Bitte
bitte kein Wort über jenes Buch – Sie wissen schon! –
von Erich Fromm

Herr Haben, der verspricht's.
Von Fromm da sagt er nichts.
Dies Buch ist streng tabu.
Um acht sind sie per Du.

Um zehn sind sie im Bett.
Wie frommlos das oft geht.
Zum Frühstück nimmt sie Tee,
Herr Haben trinkt Kaffee.

Sie schaut ihn zärtlich an:
ein wunderbarer Mann!
Er macht ihr keine Pein
mit Haben oder Sein.

# *IV Tiere*

## *Der Bedeutungsträger*

Der Adler ist sowohl
real als auch Symbol;
als letzteres bedeutet er
Gewalt und Geilheit, Macht und Ehr,
Durst, Hoffnung, Staat und Gnade.
Was? Geilheit nicht? Wie schade.

## *Tierkunde*

Das Tier in Dir muß wunderbar sein!
Das Tier in Dir ist ein Schatz!
Das seltsame Tier in Dir – ist's ein
Molch? Ein Elch? Ein Spatz?

In Dir ist sicher mehr als ein Tier.
In Dir ist ein Zoo! Hör zu:
Wie's brummt und raschelt und zwitschert in Dir.
Die Tiere in Dir – das bist Du!

## *Im Mausland*

Im Mausland im Mausland
da ist es sehr schön;
da kann man Mäuse
und Mausinnen sehn

Im Mausland im Mausland
da möcht ich wohl sein.
Aber als Katz
komm ich nicht rein.

Der HAUBENBÄR spricht mit Bedacht:
»Die Bären werden nachts gemacht!«
Dann rennt er mit Gegröle
in seine Bärenhöhle.

Die WÜSTENKRÖTE lebt im Meer,
weil sie sonst längst verdurstet wär.

Die ZIRBELENTE sprach gedämpft:
»Ich hab mein Leben lang gekämpft.
Jetzt sollen auch mal andre ran,
zum Beispiel dieser Karajan.«

Die schärfsten Kritiker der ELCHE
waren früher selber welche.

WIESEL beißt die Henne, die
dabei nur noch »Nicht doch!« schrie.

### *Wenn wir wie die Bären wären*

Er liebe, so der Kammerbär
in indirekter Rede,
sein Weib. Abgesehn davon wär
ihm aber auch schon jede

Bärin lieb und wertvoll, weil –
Originalton Bär:
»Putzimutzipetzi geil!«
Der Bär ist ordinär.

*Stumme Zwiesprach*

Mein ICH bahnt mit dem Wasserhahn
eine stumme Zwiesprach an.

Dasselbe macht gelegentlich
der Wasserhahn mit meinem ICH.

Still ruht mein ICH; es tropft der Hahn.
So fängt die stumme Zwiesprach an.

Es tropft der Hahn; mein ICH, das schweigt,
was schon die Art der Zwiesprach zeigt.

So geht es weiter; keiner spricht;
mein ICH nicht und der Hahn auch nicht.

Der Hahn, der tropft; mein ICH hält still,
weil keiner etwas sagen will.

Ein Schweigen herrscht; mein ICH gibt Ruh.
Der Wasserhahn tropft immerzu.

Daß keiner dieses Schweigen bricht!
Der Hahn, der tropft; er ist nicht dicht.

Der Hahn, der ist nicht gut verstopft.
Mein ICH ist zu; der Hahn, der tropft.

*Wachtel Weltmacht?*

Schaut Euch nur die Wachtel an!
Trippelt aus dem dunklen Tann;
tut grad so, als sei sie wer.
Wachtel Wachtel täuscht sich sehr.

Wär sie hunderttausend Russen,
hätt den Vatikan zerschussen
und vom Papst befreit – ja dann:
Wachtel Wachtel Dschingis-Khan!

Doch die Wachtel ist nur friedlich,
rundlich und unendlich niedlich;
sie erweckt nur Sympathie.
Weltmacht Wachtel wird sie nie!

## *Grußwort*

Bis auf Elch wird jedes Tier getötet,
das beim Abschied »TSCHÜSSI!« flötet;
jedes Tier, das mit »HALLÖCHEN« grüßt,
büßt.
Nur der Elch, der darf. Warum? Nun ja:
Er grüßt nie. Wenn doch, dann nur mit »Na?!«

## *Erlaß*

Die Verweildauer niederer Tiere auf Erden
wird hiermit beschränkt auf ein Jahr;
Tier kann dann nicht länger geduldet werden.
Ist das klar?

Nun die, die der Abschiebung sich nicht fügen:
wir erwischen euch doch!
Das Argument Artenschutz wird nicht genügen!
Ausnahmen regelt der Koch.

*Der Tierstimmenimitator*
*Eine Rezension*

Sein Specht – ganz schlecht.
Sein Hahn geht an.
Könnt er nur besser krähen.
Sein Huhn – je nun.
Sein Schwan kann muh'n –
wir wollen's ihm nachsehen.

Sein Grunzen könnte schweinischer sein.
So wie er grunzt, so grunzt kein Schwein.
Den Hasen hat er nie begriffen.
Der Kiebitz hat nie – (Pfiff) – gepfiffen.
Sein Igel hat gewonnen.
Beim Pfauschrei hat er gepatzt.
Der Spatz zu fein gesponnen.
Die Krähe schmatzt.

Den Löwen bringt er verhalten;
Fasan legt er vielschichtig an.
Man spürt sein Bemühen, den Kauz zu gestalten;
entsetzlich sein Auerhahn.

An besonders guten Tagen
kann man sein »MIAU« ertragen.
Hirsche röhren »Röhr!«
Hunde – ein Malheur.
Er kann sich nicht einmal beim Bellen
verstellen.
»Wau-Wau« –
genau!
Beim Uhu wär selbst hohe Kunst
ganz umsunst.
»Uhu« kann nur Uhu sagen.
Darf kein Imitator wagen.
Hin wär die
Uhu-Credibility

## *Aus einer Pferdeoper*

Was dort auf der Wiese läuft
und sich gleich am Bier besäuft,
das sind keine Pferde.

Was dort in den Hecken liegt
und sich in die Haare kriegt,
das sind auch keine Pferde.

Das dort, hinterm Goethehaus,
sieht's nicht wie Gewieher aus?
Nein. Wieder keine Pferde.

Aber dort am Karpfenteich,
ja, was ham wir denn da gleich?
Alles mögliche. Nur keine Pferde.

Halt! Gleich kommen sie hervor!
Dort! Aus jenem dunklen Tor!
Da!! Wieder nichts!

Himmel! Das ist doch zum Heulen!
Schaun wir noch rasch nach den Gäulen!
Halt einmal! Sind das nicht Pferde?

Natürlich! Ich glaube, ich werde
wahnsinnig! Gleich eine Herde!
*(Und jetzt alle):*
Pferde... Pferde... Pferde... Pferde...
*(Allmählich verklingen lassen. Ganz ruhig bleiben.)*

## *Wie das Schaf zu seinem gestreiften Fell kam*

Der Schäfer sprach:
Du lieber Gott,
all meine Schafe sind purpurrot!
Das geht mir auf die Nerven.

Da kam die junge Schäferin
mit leichtem Schritt und muntrem Sinn
und war auch der Meinung, daß es so nicht
weitergehen konnte.

Nun hörten sie ein Pfeifen –
heran trat Josef Kainz.
Schaf sehn und danach greifen,
das war bei ihm gleich eins.

Kaum hat er eins gegriffen,
ein feistes, rotes Schaf,
hat er nochmals gepfiffen;
dann sprach er: Schäfchen, schlaf!

Der Kainz, der rief,
das Schaf, das schlief,
Hans Strobl kam heran.
»Heil König Heinrich unserm Herrn!
Ihr seid des Sachsenlandes Stern!«
fing er zu schreien an.

Und alle sagten:
Gar nicht schlecht!
Da kommen wir ja grade recht,
hier gibt es was zu trinken!
Der Staub wallt auf, der Hufschlag dröhnt,
nach alter Weis' die Sonne tönt,
es stand zu ihrer Linken

Herr Walther von der Vogelweid,
wer des vergess', der tät mit leid,
der wußte sich zu helfen:
Er leert sein Gläschen, wuppheidi,
bis morgens früh um elfen.

Wer dieses Liedchen recht begreift,
weiß auch, warum das Schaf gestreift.

### *Der Graf und das Schaf*

»Man könnt doch das Ganze noch dunkler machen,
so ist es ja viel zu hell!«
so kreischte die Gräfin, der beinharte Drachen,
und kniff mich sehr schmerzhaft ins Fell, ja Fell,
und kniff mich sehr schmerzhaft ins Fell.

»Was dunkel! Was könnt man? Was kreischt meine Liebe?«
Der Graf rief's und fügte hinzu:
»Ich hielt es für besser, wenn alles so bliebe.
Und kneif mir mein Schaf nicht so, Du, ja Du!
Und kneif mir mein Schaf nicht so! Mäh!«

### *Tiere zeichnen*
*Lehrgedicht*

Zeichne nie ein Tier zum Spaß,
tust Du's trotzdem, merk Dir das:
Tiere sind wie Du und ich,
spüren jeden schlechten Strich.
Schonzeit ist das ganze Jahr
und die Monate mit Haar.
Alle Tiere sind tabu,
bis auf Spatz und Känguruh.

Nur den Molch darfst Du verspotten
und die Olme in den Grotten,
Wiesel, Frettchen, Flamingo,
Löwe, Möwe sowieso,
Adler, Biber, Kabeljau,
Igel, Ferkel, Wilde Sau.
Alle die, die stärker sind,
Tiger, Walfisch, Faultier, Rind,
die mit Gift und die, die stinken,
von den Ziegen nur die linken,
die mit Zehen und mit Hufen,
die, die nachts entsetzlich rufen,
die, die als Symbole dienen,
Schweine, Salamander, Bienen,
die, die's nur als Bilder gibt,
solche, die die Paula liebt.
Streng geschützt vor Deinem Strich
sind der Kauz, das Huhn und ich.
Zeichnest Du von uns auch nur
eine Spur von der Kontur,
werden ich und Kauz und Huhn
Dir etwas zuleide tun.

# *V Liebe*

### *Der Sündenfall*

Eva, ey, was tun wir hier!
Wenn uns nun einer sieht …
Guten Tag, Gottvater, wir
wollten gerade … SCHIET!

### *Schangsong*

Sie heißen Nicole und Yvonne
und gingen um elf noch wohin;
sie waren Privatbesitz von
einem Herrn aus Berlin

Sie haben sieben Gefühle
und zwei davon sind fast echt;
und eine gewisse Kühle
kleidet beide nicht schlecht.

Ihr Negligé ist aus Seide,
ihre Seelchen sind aus Draht,
die Liebe pflegen sie beide
äußerst delikat.

Sie haben so was Gewisses,
Nicole wie auch Yvonne.
Sie sind so typisch. So isses,
bei Frauen im alten Schangsong.

## *Verheißung*

Der Zeichner spricht:

Nein, mit Sex kann ich nicht dienen.
Was Sie sehen, ist von Ihnen.
Nichts zu danken, denn von mir
ist nur Tinte und Papier.
Nun zur Rolle des Betrachters:
wenn Ihr Blick was will, dann macht er's,
dann liest er aus jedem Strich
Lust und Liebe – was weiß ich!
Glüht Ihr Augenlicht nur schwach,
hilft der Zeichner manchmal nach,
zeichnet Ihnen etwas Geiles;
schon wird Ihnen wohler, weil es
Ihnen Ihre Seele spürt,
wie was Ihre Lüste schürt.
Sei's der Umriß einer Frau,
sei's ein Mannsbild oder – WHOW! –
Kissen, Früchte, Fickvisionen,
fremde erogene Zonen,
selbst der spannenlange Molch
wirkt als Sexualsymbolch.
Ja, für Ihre Sehnsucht reichen
oft schon ganz abstrakte Zeichen,
und Ihr Blick sieht da viel mehr:
rauf und runter, hin und her!
Gratuliere! Prima! Gell?
Zeichnen ist doll sexuell!
Weiter so, dann bringt es allen
Leuten noch viel Wohlgefallen.

## *Die Schlafsolistin*

Ich mach' es gern auf einem Lindenbaum,
im Klassenzimmer und im Kofferraum,
ich tu's, wenn's sein muß, auf der Straße und
in Chefetagen und im Untergrund –
an jedem Orte will ich's treiben;
doch nachts im Bett möcht' ich alleine bleiben.

Ich mach' es oft auf einem Kirchenturm,
ich tu' es leidenschaftlich gern im Sturm,
im engen Taubenschlag, im Krönungssaal,
im Pförtnerhäuschen möcht' ich auch einmal –
an jedem Orte will ich's treiben;
doch nachts im Bett möcht' ich alleine bleiben.

Im Nebenzimmer, in der Eisenbahn,
im Kino hab' ich's öfter schon getan,
und auf dem Friedhof auch im offnen Grab,
wobei vor Lust ich mich gegruselt hab' –
auf Deinem Sofa werden wir's noch treiben;
doch nachts im Bett möcht' ich alleine bleiben.

Ich mach' es auch vor jeder Kamera
und im Konzert bei der Eroica,
im Beichtstuhl gar und selbst im Besenschrank,
vorm Kassenschalter in der Deutschen Bank,
den Lustgewinn laß ich aufs Konto schreiben;
doch nachts im Bett möcht' ich alleine bleiben.

Auf Bahnsteig sieben mach' ich's liebend gern,
im Buch lieb' ich den Blauen Kammerherrn,
in echt tu' ich's auf dem Dreimeterbrett,
ich geige auch mit einem Streichquartett.
Am liebsten würd' ich's allerorten treiben.
Nur nachts! Im Bett! Möcht' ich alleine bleiben.
Also raus!

### *Aus dem Schmatzkästlein des schweinischen Hausfreundes*
*Von den erogenen Zonen*

Es werden aus unserem Körperbau
kaum noch die Doktoren schlau.
Vielen ist als Sitz der Lust
nur die Brieftasche bewußt;
wenn die von den Lüsten wüßten,
was sie alles wissen müßten,
alle Punkte, Stellen, Tricks –
doch Doktoren wissen nix.
Nur der Dichter packt noch die
menschliche Anatomie,
findet sich zurecht in vielen
dichterischen Doktorspielen,
sucht und sucht mit heißen Ohren,
wo er sonst gar nix verloren.
Findet auch ganz im geheimen
eine böse Lust beim Reimen,
und so fügt er eine geile
Zeile an die nächste Zeile,
und das wird – man ahnt es schon –
Körperbauspekulation.
Meistens macht die Suche Sinn:
sie bringt hohen Lustgewinn.
Lyrik forscht nach wundervollen
Teilen, die wir haben sollen.
Die besonderen, speziellen,
libidinös besetzten Stellen
nimmt der Dichter wahr und zwar
lustbetont mit Haut und Haar.
Prahlen wird er mit den schmalen,
dicken, haarigen und kahlen,
idealen und realen
illegalen, kolossalen,
coolen und sentimentalen,

total tollen Regionen,
wo die Fleischeslüste wohnen.
Dieses Streben nach dem Glück
ist an sich ein starkes Stück,
ja vom Standpunkt der Moral
ist es Schweinkram und Skandal.
Ist dem Dichter wurst.
Siehe er verkündet allen
Menschen noch mehr Wohlgefallen
an den Knöcheln, Knien und Kehlen,
auch der Kopf, der darf nicht fehlen,
ganz zu schweigen von Gefühlen,
die beim Wühlen in den Pfühlen …

Schluß jetzt! Aus! Kurz und knapp:
Da geht's ab:

I
Von den siebzehn Körperteilen
nenne ich zuerst die geilen:
Daumen, Gaumen, Busen, Mund,
Nabel, Schniebel, Wadel, und
da war doch noch so ein Teil,
das vergeß ich immer, weil,
es hat einen wüsten Namen,
einen häßlichen, infamen.
Es heißt ähnlich wie das Ding,
das meist gar nicht mehr abging –
gleich fällt mir der Name ein:
's wird wohl die Brustwarze sein.

II
Zwischen Knie und Sockenrand
ist erotisch ödes Land.
Schön ist zwar die Wade,
doch sie bringt's nicht. Schade.

III
Viele Freuden bringt der Fuß,
den man vorher waschen muß.
Auch der Stiefelfetischist
liebt den Fuß nicht wie er ist;
hat ihn gern im Schuh –
und Du?

IV
Dinge wie das Unterhemd
sind eigentlich körperfremd,
doch tut selbst ein alter Hut
oft erotisch noch sehr gut;
magst ihn in besonders heißen
Nächten in die Krempe beißen.
Kannst ihn küssen, kannst ihn knüllen,
ihn mit Lust und Liebe füllen –
Herz, mein Herz, was willst Du mehr?
Etwa noch Geschlechtsverkehr?

V
Mancher Herr hat solche Stellen,
die bei der Berührung schwellen;
Beulen, die am Kopf entstehn,
sind nur selten erogen.

Andere Teile wieder schrumpeln,
wenn zwei aufeinanderpumpeln.
Beispielsweise das Plumeau
und das Diskussionsniveau.

Was auch zusammenschrumpfen tut,
grade in der höchsten Glut,
das ist das Brikett
und die Zigarett.

VI
Erogen ganz ohne Frage
ist die Stereoanlage.
Den, der dran rummachen darf,
macht sie fickerig und scharf.

VII
Manche sagen jetzt, es fehle
auf der Liste noch die Seele.
Seele, Seele fehlt nicht, weil:
Seele ist total echt geil.

## *Luscht und Geischt*

*Diese Strophen verdanken einem Anlaß sich. Adorno habe einmal – wenn ich recht verstanden habe, was in Frankfurt erzählt wurde – darauf insistiert, jener Gedanke sei der höchste und bringe tiefste Erkenntnis, der auf dem Höhepunkte der Lust gedacht werde.*

Also, sprach der Philosoph
– und der Mann war ja nicht doof –
wenn was ist, wird's mir bewußt
auf dem Höhepunkt der Lust.

Und er vögelte verhalten
tief im Schoße einer alten
liebgewordenen Bekannten,
bis ihm schier die Sinne schwanden.

Und in Klara ihrem Schoß
dachte er: »Was denk ich bloß?«
Überlegte hin und her
hin und her und hin und her
hin und her und hin und her
hin und her das war nicht schwer.

Brüste, Hüfte, Bauch und Schenkel,
das war erst mal sein Gedenkel,
bis er mitten drin erkennt,
daß im Hausflur Licht noch brennt.
Tür stand auf, und es erfreute
dieser Anblick viele Leute.

Einmal hatt' er den Gedanken:
»Wer nicht wackelt, darf nicht wanken.«
Der zerging ihm – Seufz und Stöhn! –
Nichts zu denken! Dankeschön!

Einmal hoppelt er versonnen
voller Einsicht, voller Wonnen;
als sie fragt: »Was denkst'n grad?«,
sagt er ehrlich: »Aquadrat.«

Denkend hüpft er in den Kissen,
wollte es genauer wissen,
dachte logisch streng – na bitte! –
an das ausgeschlossne Dritte.
Und als Klara ruft: »Karl-Heinz!«
wurden A und Nicht-A eins.

Einmal aber – Sturm des Geistes –
hat er das Gefühl: »Du weißt es!«
Und er wußte: »Eines weiß ich,
vier mal acht ist zweiunddreißig.«

Einmal sucht' den Grundbegriff
er, als er mit Klara schlief,
Nabel, Hegel, Marx und Bein
ließ er fünfe grade sein;
Haare, Zunge, Relevanz,
Wahrheit, Wesen, voll und ganz,
Dialektik eng umschlungen,
Nase, Syllogismen, Zungen,

Subjekt, Objekt, rein und raus,
drunter drüber, Mann und Maus,
Lippen, Raum und Zeit und Knie.
So entsteht Philosophie.
»Scht! Karl-Heinz! Wo denkst Du hin,
sag, was kommt Dir in den Sinn?«
Klara brachte ihn zur Ruh –
Dubidubidubiduuu ...

### *Frauenschau*

Hoiho! Frisch getrunken
den funkölnden Woin!
Wer schaut noch so spöt
mir zum Hosentürl rein?
Mein Leibweib.

Hol über! Und auf geht's
zum Städele naus!
Wer zieht mir wie narrisch
die Kniestrümpfe aus?
Mein Leibweib.

Im Märzen der Bauer,
im Winter um acht;
wer sagt mir mit Lust
und mit Liebe »Gut Nacht«?
Mein Leibweib.

Wer brät mir die Socken,
wer wäscht meinen Hals?
Wer liebt meine Seele
Mein wer? Keinesfalls!
Dafür ist Knecht Ruprecht zuständig.

Wer tut an mein Süppchen
a bissele Gift?
Wer hofft, daß ein Auto
mich auch einmal trifft?
Mein Leibweib.
Ich hab's geahnt!

Und klingelt der Tod dann,
ich soll schon ins Grab?
Wer geht an die Tür und
wer wimmelt ihn ab?
Hoffentlich findet sich da noch jemand.

### *Phallisches Lied*

Ein Schwanz
namens Hans
der stand den ganzen Tag
wenn er nicht grade lag.
Lag er nicht
und stand er nicht
dann war es auch der Hansel nicht.
Du lieber Himmel
dann war's halt ein anderer Pimmel.

# *VI Lyrik und Musik*

*Sonett-Sonett*

Man nehme schöne Wörter, etwa Balustrade,
verrühre sie mit Reimen und läßt das Sonett
nun in vier Strophen stehen, bis der Sinn aufgeht.
Dann kann es vorgetragen werden. Ach wie schade,

daß es so wüste Namen gibt von schönen Dingen;
ich denk' an »Schnitzel«, »Kümmelstange« und die »Schweiz«;
gewaltig ist der Klang von »Ohrwurm« andrerseits,
doch hat der wenig Reiz. Soll das Sonett gelingen,

dann braucht es beides, Form und Inhalt, Sinn und Klang,
wie »Rom«, »Granada«, »Ulm«, »Luang Prabang«
und andre Städtenamen – doch nicht »Drispenstedt«.

Auch klingen ganz vorzüglich schön Obst und Gemüse,
die Aprikose, Kraut und Rüben voller Süße;
jetzt noch ein tief'rer Sinn, dann wird es ein Sonett.

*Schüttelreime*

Sie kennen diese Verstechnologie:

Es klapperten die Klapperschlangen
bis ihre Klappern schlapper klangen.

Und den kürzesten:

Du bist / Buddhist.

Und Sie kennen auch solche, die's können und kennen. Früher, als die Leute noch von Hand reimten, gab es diese Tüftler. Es wurden gar nicht so selten Langformen gebaut. Ein Beispiel, ein Musikkritiker vor hundert Jahren. Dazu aber noch einige Voraussetzungen: es gab einen Dirigenten, einen Wagnerdirigenten, der hieß Mottl. Der dirigierte Wagners Tristan und Isolde, beide.

Die Kritik:
Kennen Sie schon Mottls Tristan?
Schaun Sie nicht des Trottls Mist an.
Schaffen Sie fürn Drittel Most an.
Saufen's von dem Mittel Trost an.

Oder, ziviler:

Ein Reisebericht.
Der Wagen fuhr nach Gossensaß
durch eine rechte Soßengaß,
bis daß die ganze Gassensoß
sich über die Insassen goß.

Heute muß man oft nachhelfen:

Is sich Henscheid
Freind von Schehnheit,
wenn er Schein hätt,
wär er Heinsched.

Heinsched? Gibt keinen Sinn, aber reimt sich. Und darauf kommt's doch beim Schütteln an.

Was mußte früher alles sich fügen und stimmen und Sinn ergeben. Heute, wo die Sinnvorräte zur Neige gehen, sollten wir sparsamer mit diesem Zeug umgehen. Wörter dagegen gibt es genügend, und falls beim unvorsichtigen lyrischen Umgang damit doch mal Sinn frei wird, muß man's halt wieder dichten, das ist Berufsrisiko.

Hier möchte ich weitere Fälle von lyrischer Schüttellähmung vorstellen.

Wenn die wilden Wasen speigen,
alles nur dem Spaße weigen,
hilft nur eine Weiße spagen,
möglichst in dem Speisewagen.

Mit der ersten Gartelschnülle
steigt Dir schon die Schnürtelgalle,
schlägst den schärfsten Schnartelgülle,
nur mit einer Gürtelschnalle.

Abends geht der Taschenrechner
vollends auf den Rachenteschner,
räkelt auf dem Reschentachner
unser alter Teschenrachner.

Wenn der alte Tanter wieg
schleunig aus dem Wanter tieg,
drüben in der Tinterwag,
wird's ein schöner Wintertag.

Keinesfalls ist Kassel schlecht
als Schauplatz für die Kesselschlacht,
weil nicht nur der Schlessel kacht,
sondern auch der Schlasselkecht.

Wenn der Knecht von Breickensschlech
draufhaut auf das Schreickensblech,
wird die Freifrau Breckenschleich
kreideweiß und schreckensbleich.

Nicht einmal der Fingerhut
wird durch großen Hunger fit,
geht jedoch dein Hinger fut,
reicht auch schon ein Fungerhit.

Nur wer bei den Mattags schlief,
kriegt was von dem Schlittagsmaf,
doch den großen Schlattagsmief
gibt es nach dem Mittagsschlaf.

Schön ist so ein Dutenschatz,
schöner noch der Schudendatz,
mancher wird durch Schaden dutz,
sinnlos ist der Datenschutz.

### *Versvergiftung*

Herr Doktor, hören Sie zu,
mein Gedicht läßt mir gar keine Ruh.
Immer, wenn ich dran dichte,
dieselbe Geschichte:

Mir ist, als ob ich säße
und fette Verse fräße
und süße Lyrik söffe,
die aus dem Maul mir tröffe,
als ob ich überliefe.
Vom Saft der Konjunktive
wird mir so herrlich schlecht.

Ich laß mir's nicht verdrießen,
das milde Reimvergießen.
Als ob es aus mir sänge,
als kämen Sirup-Klänge,
die aus dem Schlund mir flössen
und förmlich sich ergössen,
so ist's mir. Hab ich recht?

Ich kenne die Vorwürfe,
daß man das nicht mehr dürfe,
daß sich das nicht gehöre.

Die lyrischen Liköre,
besonders diese Verben,
die würden mein Verderben.
Der Reim, der Preziöse,
sei nicht der zeitgemäße.
Und irgendwann, da räche
sich diese meine Schwäche.
Wenn ich kein Ende fände
und dies nicht unterbände
und nicht Verstand annähme,
und zur Besinnung käme,
dann ging' mein Vers zu Gründe
mit Schäumchen vor dem Münde,
dann kippt die Lyrik üm.
Herr Doktor, ist's so schlümm?
Ich sage stets, ich wüßte,
daß ich das büßen müßte,
daß man es nicht ertrüge
und mein Gedicht erschlüge,
mir meinen Vers zerträte.
Was ich denn Böses täte?
Und ob man dann auch töte
den unsterblichen Goethe?
Na also! Gott behüte,
das käm' nicht in die Tüte,
das wäre ja gelacht!
Hab ich gesagt.

Herr Doktor, stimmt da was nicht
in diesem meinem Gedicht?
Wenn es nun in Schönheit stürbe,
an Reimgeschwüren verdürbe,
man fände mich tränenlos.
Herr Doktor, was ist nur los?
Herr Doktor, da lief doch was schief.
Ist's wegen dem Konjunktiv?

## *Vom Ursprung*

Am Anfang war der Rhythmus da, und der ging so:

da damm da damm da damm da damm
da damm da damm da damm da damm
da damm da damm da damm
da damm da damm da damm da damm
da damm da damm da damm da damm
da damm da damm da damm

Dann hat der Herr die Welt gemacht
und hat am siebten Tag gesagt:
»da damm da damm da damm!«

Da ward die Magd; die Magd, die fragt,
und zwar exakt im selben Takt:
»Wie wärs? da damm da damm?«

Da hat der Herr mit letzter Kraft
der Magd noch einen Knecht beschafft
da damm da damm da damm.

Und siehe, es ward zauberhaft,
und taktfest, dreist und ungestraft
beginnt jetzt das Programm.

Der Herr, der hat die Magd gefragt:
»Was hast du grad dem Knecht gesagt?
Ich höre doch so schlecht.«

Da sagt die Magd: »Ich hab gesagt:
Hör zu, sag' ich, ich glaub', es hakt,
mich jetzt zu bürsteln! Echt!«

»Hä?« sagt der Herr – »Sag'! Hör ich recht,
der dich da bürstelt, ist der Knecht,
und ohne erst zu fragen?«

Die Frage hat ihn sehr geschwächt,
das Zwiegespräch bekommt ihm schlecht,
mehr will ich hier nicht sagen.

Der Herr, der hat die Magd gefragt,
ob ihm was aus der Hose ragt,
er sehe doch so schlecht.

Da hat die Magd ganz unverzagt
geguckt, gelacht und reingezwackt,
das war dem Herrn nicht recht.

Der Herr war mit dem Knecht versackt,
bis daß der graue Morgen tagt,
da war es höchste Zeit.

Die Magd, die holt ihn heim und sagt,
sie fände das ja echt beknackt.
»Ihr seid ja beide breit!«

Der Knecht, der hat die Magd gefragt:
»Sag', kommst mit auf die Herrchenjagd,
da fangen wir uns eins.«

Da hat die Magd gleich ja gesagt
und hat die Angel eingepackt;
Ergebnis: Leider keins.

Der Herr hat seine Magd gezählt,
damit ihm auch nicht eine fehlt,
er kam auf eine Magd.

Die Magd hat das herumerzählt,
das gäb's doch nirgends auf der Welt
als hier, hat sie gesagt.

Die Magd, die hat den Herrn geweckt,
der Knecht hab' sich im Klo versteckt
und käme nicht mehr raus.

Der Herr war erst sehr aufgeregt,
er hat dann nicht den Knecht entdeckt –
's war ein gewisser Klaus.

Der Herr hat sich voll eingebracht,
er hat sich mit dem Knecht verkracht,
es ging um dessen Lohn.

Dann hat der Herr Musik gemacht,
alleine, bis nach Mitternacht
auf seinem Saxophon.

Die Magd hat sich beim Herrn beklagt,
nie sähe sie ihn gänzlich nackt,
so wie sie gerne möcht'.

Da hat der Herr zurückgefragt,
ob ihr sein Körper so behagt
als wie der Leib vom Knecht.

Die Magd zieht ihm die Hosen aus,
wir blenden uns jetzt aber aus –
da damm da damm da damm

Der Rhythmus zieht auch ohne Sinn
am End sich noch sehr lange hin
da damm da damm da damm

***Klassisches***
*Galileo Galilei*

Sterngucker aller Länder, schaut Euch doch nur den Papst an!
Hat er nicht wieder mal recht? Alles dreht sich um ihn!

*Literatur*
Literatur ist meist Geist, und oft entweicht er beim Lesen.
Wie der Büchergeist tönt? Wie eine Bierdose: Bffffffffffft!

***Teufelspakt und Seelendeal***
*Mehrere Faust-Fragmente*

I
Es klingelt – ja bitte?
Da ist wer an der Tür!
Der Teufel!
Will Seele!
Ja was zahlt er denn dafür?
Einsachtzig?
Zu wenig!
Da geb ich sie nicht her!
Zehntausend?
Schon besser!
Doch die Seele kostet mehr.
Viel mehr!

Der Teufel – er handelt.
Er legt noch tausend zu.
Es reicht nicht
es reicht nicht.
Ich hab sie noch.
Und Du?

II

Der Teufel trägt einen Anzug in Grau.
Zweireiher, hellgelbe Krawatte;
Schuhe schwarz-weiß; weißes Hemd – nein, hellblau.
Es glänzen die Hörnchen. Er hatte

ein scharfes Rasierwasser, sowie den Vertrag:
»Zehn Jahre ewiges Leben!«
»Sie können«, sagte er, »wenn ich's Ihnen sag,
Ihre Seele in Zahlung geben.

Hier unterschreiben – aber ja doch. Mit Blut.
Ich zieh Ihnen was aus der Vene –«
und während er mir Blut abzapfen tut
da

III

Sitz ich an mein Tischlein dran,
tu ein wenig dichten,
tritt der Teufel froh heran
mir was auszurichten.

Soll ich, hat der Teufel xagt,
schönen Gruß bestellen.
Vom seim Cheff. Ob wir den Pakt
unterschreiben wöllen?

Sag ich: So? was für ein Pakt?
Tät davon nix wissen.
Teufel! Hat der Teufel xagt,
das sei echt beschissen.

Daß er doch den Auftrag hab,
sagt er, und er hole
auftragsgemäß bei mir ab
bittschön meine Sohle.

Sohle? Sind Sie sicher, daß
Sie nicht Seele meinen?
Glauben Sie, ich mache Spaß?
Er verstand auch keinen.

Soll er Sohlen ohne Schuh
Solo-Sohlen holen?
Oder auch den Schuh dazu?
Da hat er sich empfohlen.

Kommt tags drauf er wieder an:
Sohle sei schon richtig.
Nein, er hab sich nicht vertan.
Das Geschäft sei wichtig!

Und sie zahlten gar nicht schlecht.
»Fünfundachtzig«, sagte er.
Mir wären hundert auch ganz recht;
»Abgemacht!« – schon packt er

meinen linken Stiefel ein
samt der Stiefelsohle.
Dieser Schuh der ist nun sein.
Mein aber ist die Kohle.

Nächster Tag – wer sonst! Ihm sei
Fehler unterlaufen.
So was Dummes! Geld anbei!
Für zum Schuhe kaufen.

Es sei ihm unangenehm,
daß die Sohle fehle.
Und daß er in Zahlung nehm
meine alte Seele.

Auch sei an mein Kopf gedacht.
Ob ich ihn verpfände?
Ob ich ihn dem Papst vermacht?
Was er schade fände.

Leihweis einen Hauptgewinn
hat er mir versprochen;
eine neue Waschmaschin,
Lieferfrist drei Wochen.

Hätten auch im Angebot
noch zwei schöne Leichen.
Eine sei schon etwas tot,
würd die andre reichen?

*(In den nächsten 97 Strophen erfahren wir, daß das Reich des Bösen längst bankrott und am Ende ist und ich für eine Seele nix mehr kriege als das bißchen Unsterblichkeit.)*

IV
Teufel tritt heran und spricht:
»Krieg ich Seele oder nicht?«
worauf ich mich weigerte
und er sein Angebot steigerte,
bis er bei Hunderttausend war.
Da war alles klar.
Als Star im Reiche des Bösen,
da kann mich kein Schwein mehr erlösen!
Hollodrio!

V
Ein Teufel kam und bot für meine Seele
gut und gern zwohundertfuffzig Mark.
Ich frag ihn, ob ihm sonst noch etwas fehle –
und schmeiß ihn raus.

Tags drauf kommt er als Deutscher Schäferhund,
macht Männchen und singt:
»O Seele mia …«
Da
hab ich sie ihm gegeben.

VI

Gestatten: Mephistofeles.
Ich komme in Sachen Seele.
Sie haben eine; wir wissen es.
Und er, der Teufel, empfehle

sie ihm zu verkaufen. Und zwar gegen bar.
Oder gegen die Gabe
jedes Kreuzworträtsel zu lösen. Ich war
nicht sicher, was ich davon habe.

Ich dachte schon, wir vergessen es.
Leg mich zum Sterben nieder.
»Gestatten: Mephistoles!«
Er kommt tatsächlich wieder.

Er fragt scheißfreundlich, wie es mir geht;
ich sei doch gerade am Sterben.
Und ob ich ihm nicht, eh es zu spät
wollt meine Seele vererben.

Das aber, erwiderte ich, solle er bitteschön
Doch mit meiner Seele ausmachen!

Was Seele sagt:
als Seele wird man ja selten gefragt
ob man des Teufels wollte sein.

Wenn ich mir's überlege: Nein.
Hier im Bernstein geht's mir gut.
Hab alles, was man so brauchen tut.
Und stirbt der alte Zausel, ja dann
fängt für mich doch das ewige Leben an.
Sie sehen das ein?
Fein!

### *Schnell-Theater*

Vorhang auf: Man sieht zwei Frauen,
die sich fürchterlich verhauen.
Vorhang zu! Dies, wie gesagt,
war auch schon der erste Akt.

Vorhang auf: Zwei Kellner treten
auf und fangen an zu beten:
»Herr im Himmel, hilf uns, wir
suchen nach zwei Frauen hier.«
Worauf weiter nichts geschieht,
als daß man den Vorhang zieht.

Vorhang auf: Wir sind im dritten
Akt, da wird fast nur gestritten;
mitten drin im schönsten Streit
tritt ein Geist hervor und schreit:
»Alle Mann auf den Balkon!«
Alles zetert, rennt und schon
kommt ein Kaiser, schließt die Ehen
paarweis, doch man kann's kaum sehen,
weil der Vorhang drüber fällt –
Ende. Beifall. Prima, gelt?

## *Die Auskunft*

Hör ich recht?
Bertolt Brecht?
Hier bei uns? In diesem Zimmer?
Nie und nimmer!

Gerhart Hauptmann?
Und das glaubt man?
Hier im Raum?
Nicht im Traum!

Gleich halt ich das nicht mehr aus!
Also jetzt auch noch Karl Kraus?
Hier im Haus?
Raus!

Nun ist gut, verstanden? Denn –
Wen denn nun noch? Gottfried Benn?
Ja, der ist
hier Lagerist ...

(laut): Behenn! Besuch für dich!

## ***Mit Pauken und Trompeten***

*Wie der Thomaskantor einmal sein*
*Weihnachtsoratorium gerettet hat.*

Jauchzet.
Jauchzet. Frohlocket.
Jauchzet!
Ihr sollt jauchzen!
Himmel nochmal: Jauchzen!
Nu jauchzt doch schon.
Ja und frohlocken.
Frohlocket!

Also was ist nun –
Wollt ihr wohl jauchzen!
Drei, vier: Jauchzen! Frohlocket!
Wie bitte?
Was hör ich? Kein Jauchzen?
Zum letzten Mal!
Jauchzet!
Frohlocket!
Das ist ein Befehl!
Jauchzen – hab ich gesagt.
Froooooooo-locken!
Jauchzet.
Bitte!
Jauchzet – nicht schluchzet!
Och Mönsch!
Warum jauchzet ihr nicht! Warum frohlocket
ihr nicht, wenn ich's sag!
Also gut: Weihnachtsgratifikation bleibt,
Lohnfortzahlung bei Heiserkeit und Stimmbruch
100 % und wir werden bei Volksmusiksendungen
dabeisein – ist das was? Na???
Und jetzt alle:
Jawoll: Jauchzet! Frohlocket!

## *Beethoven-Mobiliar*

Alle neun Sinfonien
solln unsere gute Stube möblieren.
Da auf der Treppe hör ich sie schon kommen …

Die Erste in C-
stellen Sie die mal dort in die Ecke.
Die Zweite? Das zierliche Kanapee.
Die Dritte, Es-Dur, Eroica,
schwerer Eßtisch in drei Gängen
mit Variationen zum Nachtisch.

Die Vierte ist
das Vertiko.
Doch die Fünfte, ja die Fünfte,
die Fünfte – dorthin – das Triumph-Büfett.
Dann haben wir hier noch die in F,
die Pastorale,
die hängen wir hier übers Sofa.
Die Siebte in A,
die tanzende Flurgarderobe.
Die Achte – die Stutzuhr.
Die Kronleuchte jetzt, die Neunte, die kriegt ihr
nicht durch die Tür.
Die paßt auch nicht in die gute Stube.
Ab in die Philharmonie!

# *VII Balladen*

## *Die Schleich-Ballade*

*Melodie: Hänschen klein ...*

Winnetou
geht zur Ruh
macht die Adleraugen zu

Weißer Mann
schleicht sich an
was er gar nicht kann

Ach das raschelt, knirscht und kracht
so viel Lärm der Weiße macht
Winnetou
will sein Ruh
und hat »Pst!« gemacht

Weißer Wicht
hört es nicht
weil er grad durchs Buschwerk kriecht

und ein Ast
schlägt ihn fast
hat nicht aufgepaßt

Ach das raschelt, knirscht und kracht
was für Lärm der Schleicher macht
Winnetou
will sein Ruh
hat sich aufgemacht.

Winnetou
hört ihm zu
folgt ihm lautlos und macht »Huh!«

Weißer Mann
hört's und dann
rennt er was er kann

Ach das raschelt, knirscht und kracht
er hat sich in die Hos gemacht

Winnetou
geht zur Ruh
hält die Nas sich zu

## *Nach Bremen!*

»Bittschön, wo geht's hier nach Bremen?«
So fragt auf der Schlittenbahn –
kann man ihm das übelnehmen? –
Volker bei den Leuten an.

»Bremen? Ehrlich?« ruft der eine,
»Mach kein Mist!«, »Bleib doch zu Haus!«
Derart sagt ihm jeder seine
Meinung oder lacht ihn aus.

Nur ein kleines dickes Mädchen
hat ihm einen Weg gezeigt:
»Dort gradaus – dort liegt das Städtchen.«
Volker hat sich stumm verneigt.

Und er geht, wie ihm gewiesen
mit dem Schlitten gradeaus.
Dieser Weg führt ihn nach Gießen.
»Das hältst du im Kopf nicht aus!«

Murmelt er. In Gießen steht er
fragt, wo's hier nach Bremen geht.
»Was? Fünfhundert Kilometer?
Mann, da komm ich ja zu spät!

Mann, ich muß um acht zum Zaren!
Dankschön auch!« ruft Volker schrill.
Keiner aber hat erfahren,
was er bei dem Zaren will.

## *Aber dann!*

Im nächsten Jahr werd ich ein Star
und werd unheimlich Geld verdienen.
Ich werd berühmt mit Haut und Haar
und habe siebzehn Dampfmaschinen.

Ich kauf mir dann den Gummibär,
der süßer ist als Zuckerwatte,
so groß wie Du, so dick und schwer,
wie niemand niemals einen hatte.

Ich werd nur noch in Limo baden
und steh erst gegen Mittag auf
und schau in meinen Spielzeugladen,
wo ich mir täglich Flummis kauf.

Ich geb dem Lehrer Strafarbeiten,
fahr Schlitten auf der Autobahn;
wo andre gehen, da werd ich reiten,
und zwar mit einem Affenzahn.

Ich leere alle Automaten,
weil ich so gut bei Groschen bin,
nachmittags tu ich Heldentaten,
die stehn dann in der Zeitung drin.

Ich bin bald bei den größten Größen
ab nächsten ersten Januar.
Ich muß nur rasch die Frage lösen:
Wie werde ich bis dann ein Star?

## *Der erste Schnee*

Vorgestern fiel der erste Schnee
von Wolke auf die Straße,
und wen er traf, dem tat's kaum weh,
besonders auf der Nase.

Der Schnee, der hat ja kaum Gewicht,
fällt ein Pfund auf die Waage,
das siehst Du kaum, das hörst Du nicht,
wenn ich es Dir nicht sage.

Und nun zur Fallgeschwindigkeit:
Im halben Jahr drei Meter.
Und das bei schnellem Schnee, soweit
er fällt; doch manchmal steht er.

Der allerallererste Schnee
fiel PLATSCH vor siebzehn Jahren
wohl in den Bi-Ba-Bodensee,
darauf die Nebel fahren.

Der letzte Schnee – was für ein Stuß –
'S wird Zeit, jetzt aufzuhören,
weil Sie, ich könnte schwören,
sonst die Geduld verlören.
Sie würden sich empören!
Zum Schluß noch einen schönen Gruß!
Ich will nicht länger stören.

*Ein Anruf*

Herr Doktor – was wollt ich gleich sagen?
Ich rufe vom Freibad aus an;
ich leide seit einigen Tagen.
Sie werden's kaum glauben, woran!

Mich hat ein Mädchen verlassen.
Ich glaube, sie hieß Ivonn',
Herr Doktor – ich kann's noch nicht fassen!
So einfach auf und davon.

Jetzt habe ich nur noch sieben –
Herr Doktor, kennen Sie den?
Drei Förster beim Kegeln, sie schieben ...
Was können Sie da nicht verstehn?

Ein Mädchen ist mir entlaufen.
Na hörn Sie! Das tut ganz schön weh!
Ich sollte ein Neues mir kaufen,
Herr Doktor – ob ich gleich mal geh?

Herr Doktor, ich wollte Sie fragen –
da draußen, da will einer rein –
Sie müssen die Wahrheit mir sagen.
Es wird doch nichts Ernsthaftes sein?

Ich mach ja schon Schluß! Ja, was ist denn?
Der will was, Herr Doktor, Moment!
Da haben wir ja den Vermißten!
Schaust sehr gut aus, Rolf! Sakrament!

Herr Doktor – nein, nein! Nicht das Mädchen!
Mein Vater, mein Vater ist da!
Wir sehn uns! Bis bald! Gruß an Käthchen!
Es gibt gar kein Käthchen? Aha!

Das müssen Sie mir mal erzählen!
Bis dann dann! Ich hänge jetzt ein.
Ach Paps, was die Weiber uns quälen!
Du gehst mit ins Wasser? Au fein!

## *Ein Zwischenfall*

Mangolds peinlichstes Erlebnis
war ein großes Staatsbegräbnis.
Ein Professor war gestorben,
der Verdienste sich erworben.
Nach der ersten Leichenrede
trat ein Trauergast, dem jede
Würde abging, dreist nach vorn,
schneuzte sich und roch nach Korn –
sagt': »Moment mal«, kriegt den Schluckauf –
und begann dann: »Welcher Zulauf!
So viel Leben bei 'ner Leiche –
es ist, wenn ich's mal vergleiche,
wie die Raben bei dem Aas –
nichts für ungut – war nur Spaß!«
Darauf holt' er aus der Tasche
eine flache Weinbrandflasche,
öffnet sie, sagt laut: »Hau-ruck«
und nimmt einen tiefen Schluck.
Fährt dann mit der Rede fort:
»Leichenbrüder, auf ein Wort!
Diesen Schluck dem werten Toten,
dem Freund Hein den Suff verboten.
Prost! Und nehmt es mir nicht übel,
wenn ich gleich noch einen kübel.
Sterben ist schon eine Straf!
Daß es grade diesen traf,
ist für alle hier ein Glück.
Schaun wir deshalb nicht zurück!
Prost! 's ist schön, daß wir noch leben,

darauf laßt uns einen heben!
Seht, da drin liegt kalt und starr,
was einmal Professor war.
Ich bin nur ein schlichter Mann,
aber sehr viel besser dran.
Und doch, wenn ich's überlege ...«
Hier wurd' die Versammlung rege,
und zwei Männer holten stumm
den Störenfried vom Podium.
Und noch an den Ausgangsstufen
hat der Kerl zurückgerufen:
»Braucht die Witwe einen Trost –
soll sie zu mir kommen. Prost!«
Es erhob sich ein Tumult,
daran war der Redner schuld.
Vergiftet war die Atmosphäre.
Wer weiß, was noch geschehen wäre,
wenn nicht gleich ein Streichquartett
die Beisetzung gerettet hätt.

## *Der Einbruch*

Morgens früh um sieben brach
ein Dieb in Mangolds Schlafgemach.
Der wacht auf und gab gut acht
auf alles, was der Räuber macht.
Als erstes nahm der Eindringling
vom Nachttisch Mangolds Siegelring.
Eindringlich warnte Mangold ihn,
da legt den Ring er wieder hin,
griff gleich danach zur Schmuckkassette
und raubt daraus die Perlenkette.
Auch die, wenngleich mit Widerstreben,
mußte er jenem wiedergeben.
Dann stahl er eine Weckeruhr.
Doch Mangold war ihm auf der Spur,

schlug sie sofort ihm aus den Händen,
daß er sie nimmer konnt entwenden.
Danach wurde der Dieb ertappt,
wie er ein Schränkchen aufgeklappt.
Das Schränkchen schlug Herr Mangold zu:
»Mein Lieber, das ist streng tabu!«
Der Dieb jedoch ließ noch nicht locker,
stieg in der Küche auf den Hocker,
holt vom Regal den Eisschrankschlüssel,
schloß auf und klaut die Zwiebelschüssel.
Erst auf Karl Mangolds hartes »Nein«
stellt er die Schüssel wieder rein
und schlich sich in den Speisesaal;
Herr Mangold folgt: »Na warte mal!«
Hat ihn vom Rest der Gabelbissen
fast mit Gewalt hinweggerissen
und folgte drauf ihm ohne Schonung
durch viele Zimmer seiner Wohnung.
Der Dieb schaut flink sich um und fand
ein Ölgemälde an der Wand.
Ein Bild, wo nachts die Nixe schwimmt,
das er aus Kunstverstand nicht nimmt!
Statt dessen wollte er verstohlen
sich Mangolds Rauchverzehrer holen,
doch dieser schüttelte den Kopf,
verwehrt ihm auch den Schnabeltopf,
verhinderte mit leisem Lachen
den Diebstahl jenes schönen flachen
Goldhähnchens, das der Papst ihm schenkte.
Der Räuber fand jetzt das verhängte
rot-weiß polierte Kleinklavier.
Herr Mangold sprach: »Das lassen wir!«
Um doch noch irgendwas zu haben,
krallt er sich nun den Bronzeraben,
nimmt sich zwei Leuchter und ein Buch,
legt Hand an Mangolds Fingertuch,
rafft atemlos den Samowar,

drei Säbel und ein Formular ...
die Partitur der »Meistersinger« ...
Karl Mangold hob den Zeigefinger:
»'s ist mein Besitz! Mein Eigentum!«
Drum nehme er dem Diebe krumm,
wenn, was er so an Zeug besitze,
der ihm ohn' Unterlaß stiebitze.
So! Er soll jetzt endlich gehen
und sich anderswo umsehn.
Da stieg der Dieb zum Fenster raus.
Herr Mangold zeigt zum Nachbarhaus:
dort gäb es eine Kiste Gold,
ob er sich die nicht holen wollt?!
Damit die Seinen nichts erfuhren,
verwischte Mangold rasch die Spuren
des Einbruchs, rief dann seinem Knecht,
daß er jetzt sein Frühstück möcht.

## *Behobene Störung*

Häufig hörte Mangold Laute,
denen er mit Recht mißtraute.
So ein Schaben und ein Klirren,
Knallen, Rattern, Sausen, Girren,
meistens kurz nach Mitternacht,
manchmal abends auch um acht.
Er beschloß, dem nachzugehen,
ging, und kam auch ungesehen
in den Hof an eine Stelle,
wo in einer Bodenwelle
jener läst'ge Lärm entstand.
Mangold murmelt: allerhand!
Acht handgroße, runde Wesen,
grün und frech, mit langen Besen,
saßen da und schabten, klirrten,
sausten, ratterten und girrten.
Mangold hat nicht viel gesagt,
sondern alle fortgejagt.

## *Wallensteins Ende*

»Lebend sollt ihr mich nicht kriegen,
denn ich bin der Wallenstein!
Wenn die Feinde mich besiegen,
will ich eine Leiche sein.«

Er fing schon mal an zu sterben,
weil das zieht sich etwas hin.
Und er fragt: »Wer soll was erben,
wenn ich einmal nicht mehr bin?«

Er vermacht dem Türkenkaiser
rasch sein Lieblingstestament,
dann stellt er den Atem leiser,
wie man das vom Sterben kennt.

»Auf der Trommel werd ich kauern«,
sagt er, »hier mein letztes Wort:
Wallenstein wünscht allen Bauern
viel Erfolg beim Wintersport!«

Und er zog den letzten Atem
zügig durch die Nase ein,
schloß dann – Klapp! – mit akkuratem
Wimpernschlag die Äugelein.

Schwups, war er von selbst gestorben.
Und Freund Hein, der kam zu spät.
War ihm das Geschäft verdorben.
Wenn das jeder machen tät!

## *Gerichtsbericht I*

Bebend rief der scharfe Richter:
»Dieses elende Gelichter!
Bringt erst Bürger in Bedrängnis
und dann will's nicht ins Gefängnis!«
Und dann wirft er auf der Stelle
sieben Schurken in die Zelle,
weil sie Leuten Geld abnahmen
und dafür noch Lohn bekamen.
Denn sie waren durch die Bank
Kellner in dem Bierausschank.

## *Ein Abwasch*

Es pflatscht und schäumet. Ihr Winde, blast!
Aus Tellern ragt steil ein Kochlöffelmast.
Es kentern die Tassen und Schalen und – KLIRR –
versinkt in die Tiefe das schöne Geschirr.
Die See geht hoch und Spülwasser laufen
über den Ausguß, drei Becher ersaufen.

Ein Henkel geht unter; mit glitschiger Hand
hält sich die Nudel am Bratpfannenrand.
Sie wird erbarmungslos weitergetrieben
samt dem, was von Suppe übriggeblieben.
Gibt's wirklich im Abwasch so Quallen und solche
Abwasserkröten, Krabben und Molche?
Stöpsel heraus! Dumpf gurgelt der Strudel
und reißt in den Abgrund die längliche Nudel.
Das Wasser sinkt – überm Abflußrohr
da hebt sich schmatzend was Dickes hervor!
Am Grunde des Beckens regt es sich – HUCH! –
Was ist das? Da ist ja das Abtrockentuch.

### *Ballhalten*

Liebe Mutter – ein langer Paß,
direkt auf mich – wie findest Du das?
Mutter, ach Mutter, gleich greift er mich an!
Der Verteidiger ist's, was hab ich getan?
Ich halt den Ball – wer steht mir bei?
Ich halte den Ball und keiner steht frei!
Der Raum wird eng – doch ich bleib am Ball;
am Ball bin ich phänomenal.
Ich bleibe weiter im Ballbesitz.
Wie lange noch? Viele Grüße – Dein Fritz.

P. S.
Liebe Mutter, ach wärst Du doch hier.
Ich stehe im Strafraum – ich gegen vier!
Ich fürchte mich so vor dem Ballverlust.
Doch diesmal sage ich mir: Du mußt!
Ich trenne mich ungern vom Ball – ich muß!
Gleich schieß ich aufs Tor – mit herzlichem Gruß.

P. P. S.
Der Schiedsrichter pfeift, der Schuß ging daneben.
Das nächste Mal werde ich gleich abgeben.

## *Was gibt's?*

Herr Direktor, wir haben ein Problem …
  Hm?
Unser Haubentaucher, dem
wir unsre Ersparnisse anvertraut,
ist abgetaucht …
  Mann! Nicht so laut!
  Nehmen Sie diese Haube!
  Sie paßt! Nun los! Ich glaube,
  Sie gehen der Sache auf den Grund …
Und?
  Bis übermorgen Ihr Bericht!
Wenn nicht?
  Dann wird's für Sie unangenehm!
  Der Nächste bitte! Ihr Problem?

# *VIII Immer ICH*

### *So was Dummes!*

meine Hern
i lern net gern
Drum
bin i dum
das ist schon recht
wie i gern mecht
insofern
i nix lern.
Meine Hern!

### *Warnung an alle*

In mir erwacht das Tier.
Es ähnelt einem Stier.
Das ist ja gar nicht wahr,
in mir sind Tiere rar.

In mir ist's nicht geheuer,
da schläft ein Zuckerstreuer.
Und wenn der mal erwacht,
dann gute Nacht!

## *Weinaxgedicht*

Am Zweiten Weinaxfeiertag,
als ich grad im Schterben lag,
war im Flur ein großer Krach,
und der drang ins Schlafgemach.

Als ich dieses Lärmen hörte,
das mich so beim Schterben schtörte –
ich wäre eine dumme Sau,
schtürbe ich bei dem Radau,
bei so einem Heidenlärm
kann kein Schwein mehr ruhig schterm –

schtand ich auf und ging nach draußen,
sah dort meine Kinder zausen,
schlug ein Hühnerei entzwei,
briet mir draus ein Spiegelei
in der Küche, wo der Krach
nur noch schwach zur Tür reinbrach.

Derart wurd ich abgelenkt
und dem Leben neu geschenkt.
Dankbar aß ich noch ein Ei,
und dann kam der Tod herbei.

Als der sah, wie es mir schmeckte,
wie ich aß und nicht verreckte:
da legt' er seinen Hobel hin
und sagte mir Adjöh.

## *Idindititskrise*

Bin ich's oder bin ich's nicht?
Wer ist's, wenn ich's nicht wär?
Ein Reh ist Reh im Walddickicht,
und selbst der Bär bleibt Bär.
Ich seh mich so –
die andern so;
ich weiß oft selbst nicht recht,
bin hier ich oder anderswo,
bin Herr ich oder Knecht.
Bin ich ein Fürst? Ein Bettelmann?
Bin Heil'ge ich oder Hur'?
Bin ich ein Gi – Ga – Gantenbein
oder ein Wuschel nur?

## *Personalkontrolle*

  Name, Alter und Adresse:
Göte, fuffzich, Iserlohn.
  Sie nicht! Halten Sie die Fresse!
  Er da! Aufstehn! Sag er schon!

Kapuzinerkresse heiß ich
Alter: Siebenhundert Jahr.
Husum, Windelstraße dreißig ...
  Mann, das ist doch gar nicht wahr!

  Kann er uns nicht offen sagen,
  wer er ist? Wie alt? Von wo?
Jetzt, wo Sie mich danach fragen,
bin ich Alfred Krupp und Co.;

wohnhaft in endlosen Weiten
unsrer Steppe – ja, was ist?
Aber nein, wer will denn streiten?
Ich sag *Dir* jetzt, wer *Du* bist:

Du bist König Heinrichs Neffe,
das was von ihm übrigblieb
Ach wie schön, daß ich Dich treffe,
Hände hoch, Du Hühnerdieb!

Weißt Du noch, wie die Husaren …
Halt! – Wo rennt er denn jetzt hin?
So wird er ja nie erfahren,
daß ich F. W. Bernstein bin.

### *Horch – ein Schrank*

Horch – ein Schrank geht durch die Nacht,
voll mit nassen Hemden …
den hab ich mir ausgedacht,
um Euch zu befremden.

### *Bilanz*

Hab keine Romane geschrieben,
keine einzige Sinfonie.
Mein Umsturz ist Stückwerk geblieben;
wie meine Tanztheorie.

Nicht eine Kathedrale!
Kein Dachgeschoß ausgebaut!
Und wenn ich mal male,
wird's Mist.

Nie im Puff und keine Visionen,
kein Sieg, keine Oper, kein Mord.
Kein Starkult und keine Millionen,
kein Hit, kein Hut, kein Rekord.

Nobelpreis? Nix draus geworden.
Kein Kriegsheld, Konzernherr, null Orden.
Tor des Monats, Befreiungskampf, Geige?
Macht? Schönheit? Genie? – Fehlanzeige.

Nur dieses kleine Gedicht.
Reicht das nicht?

### *Durchsage*

Zu Mannheim stand ein Automat
um die Jahrhundertwende,
der jeden an das Schienbein trat,
der dafür zahlte. Ende.

### *An die Mädchen dieser Welt*

Das Haferkorn, das reift,
das Glied, das sich versteift,
die Leine, die sich löst,
die Frau, die sich entblößt –:

das sind vier Phänomene.
Warum ich sie erwähne?

Die ersten beiden Zeilen
sind, um euch aufzugeilen,
Die andern zwei? Der Rest?
Der macht *mich* scharf – verstehst?!

## *Paß gut auf*

Paß gut auf, wenn Du ins Bett gehst,
daß Dich, wenn Du Dich zur Wand drehst,
jenes Fräulein nicht erschreckt,
das ich Dir hineingelegt.

## *Ohne Rose, ohne*

Ohne Rose, ohne Hemd
bist Du Dir oft selber fremd,
doch im Sumpf und Mieder
kennst Du Dich dann wieder.

## *Siebzehn Bier*

»Obazahlnischkannnnnischmehr!«
»Das waren siebzehn Bier, der Herr!«

ROBERT GERNHARDT

# *Bedeutung? Gepfiffen!*

Warum es mir leichtfallen sollte, über F. W. Bernstein zu schreiben, und warum es mir dennoch schwerfällt, erklärt ein Blick auf unser beider Biographien.

Alte Freunde gibt es, und ältere – Bernstein ist mein ältester, und er ist auch über die Jahre mein wichtigster Freund geblieben. Ob ich ohne ihn die Weichen hätte stellen können, die mich jetzt instand setzen, über Bernsteins Gedichte zu schreiben und zugleich meinen Dichterweg zu bedenken?

Die nackten Fakten: Nachdem wir uns, beides Kunststudenten, bereits in der Stuttgarter Kunstakademie, noch folgenlos, über den Weg gelaufen sind, ändert sich das in der Grafikklasse Hoffmann, der Kunstakademie an der Berliner Hardenbergstraße. Dort wurden die freien Künstler ausgebildet, die Kunsterzieher in einer Dependance an der Grunewaldstraße.

Zwar wollten weder Bernstein noch ich zu diesem Zeitpunkt freie Künstler werden, obwohl wir uns unverbissen an Picasso, Beckmann und den anderen Verdächtigen abarbeiteten, doch da wir die Kunsterzieherprüfungen in Stuttgart abzulegen beabsichtigten, nahm man uns unter die Freien auf, mich 1957, Bernstein ein Semester später.

Zunächst waren wir denn auch nichts als Kunststudenten, doch dann, Anfang der 60er, nach in Stuttgart abgelegter Kunsterzieherprüfung und erneutem Berlinaufenthalt – in einem geschockten Berlin nach dem Mauerbau –, begann ein Coming-out, und was da rauswollte, war so etwas wie eine Vis Comica, eine komische Kraft, die auf Picasso – Schmicasso ebenso pfiff wie auf Wirklichkeit – Schnirklichkeit.

Noch immer waren wir Studenten, haupteingeschrieben in der Akademie, zugleich aber Nebenhörer an der Freien Universität, beide auf dem Wege, nach dem Hauptfach Kunst auch das Nebenfach Deutsch zu packen, was wir dann auch taten, 1963.

Zuvor aber wohnten wir einige Jahre lang mit wechselnden anderen Kunststudenten in einer 6-Zimmer-Wohnung in der Habsburger Straße 7, eine WG ante litteram, in der so manches abging, nicht nur die Post.

Die Habsburger Straße ist dem Nollendorfplatz benachbart, für jede Menge Pinten, Kneipen, Beizen war gesorgt, und Bernstein und ich nutzten die für abendliche Seancen, bei welchen wir schreibend und zeichnend mit ersten, noch zögernden Schritten dem Lockruf der Komik ins Weite Land des wie immer Belachbaren folgten.

Sicherer geworden, stellten wir ein ganzes Textbildbuch zusammen, eine »Anleitung zur Kunstfälschung und zum Kunstdiebstahl«, schickten den Packen an einen der damals florierenden Komik-Verlage, an den Bärmeier und Nikel Verlag – und erhielten eine Absage. Aber: Man sei in Frankfurt dabei, eine satirische Zeitschrift zu konzipieren, ob wir der nicht etwas beisteuern wollten?

Wir konnten, wurden gedruckt, erhielten fürs komisch-satirische Tun auch noch Geld – da lag es nahe, dem Lockruf einer festen Anstellung zu folgen: Am 1. April 1964 traten Bernstein und ich in die Redaktion von *pardon* ein, wo wir zugleich auf F. K. Waechter stießen, den Chefgrafiker des Blattes, jenen überaus komischen Zeichner, mit dem wir uns von Anfang an blind verstanden.

Eins, zwei, viele: Die Runde war komplett, und ihr erstes, zwölf Jahre lang gespeistes und in Bewegung gehaltenes gemeinsames Kind nannte sich *Welt im Spiegel*, kurz WimS, eine Nonsens- und Spielwiese, auf welcher – und damit sind wir endlich beim Thema – : auch die ersten veröffentlichten Gedichte Bernsteins sprießen konnten. Was natürlich auch für meine galt.

Genug ist nicht genug: 1966 fügten Bernstein, Waechter und ich zusammen, was wir in den letzten Jahren produziert und nicht im WimS hatten verbraten wollen. All das, was wir für wirklich komisch hielten: Ausgefallene Cartoons, Bildergeschichten, Erzählungen, dramatische Fragmente und eine Reihe von Gedichten. Auch Waechter hatte das eine oder andere Gedicht beigesteuert, doch brillierte er vor allem auf seiner Domäne, der komischen Zeichnung. Bernstein und ich jedoch füllten Seiten mit Poemen, welche z. T. noch auf die Berliner Kneipenabende zurückgingen.

»Die Wahrheit über Arnold Hau« hieß das Gefäß, in welchem wir unsere Einfälle versammelt hatten, ohne hilfreiche Verfasserangaben, da uns bewußt war, daß wir keinen Personalstil vertraten, sondern einen Gruppengeist verkörperten, der sich jeder Individuierung widersetzte.

Eins, zwei, weniger: Waechter begann mit seinen sehr erfolgreichen Kinderbüchern eigene Wege zu gehen, doch Bernstein und ich saßen immer noch zusammen, nun weniger zeichnend, häufiger dichtend, so häufig, daß sich ein Gedichtband füllte, »Besternte Ernte«, ein Werk, das sowohl den Großteil unserer Gedichte reinlich in F. W. Bernstein und Gernhardt scheiden, als auch gemeinsam verfaßte Werke enthalten sollte.

Ein Vorhaben, das zunächst auf wenig Gegenliebe stieß: Rund zehn Verlage lehnten es ab, bis Lutz Kroth von Zweitausendeins sich des Bankerts annahm, ihn schön ausstatten ließ und dafür sorgte, daß unsere Wort- und Bildgedichte auf die richtige Klientel stießen, auf die wie immer geartete Alternativszene, welche wenig mit dem meist verrätselten Ton der 70er-Jahre-Lyrik anfangen konnte und viel mit F. W. Bernsteins »Die schärfsten Kritiker der Elche/waren früher selber welche«. Ein Zweizeiler aus dem »Hau«, doch da auch der das Glück gehabt hatte, bei Zweitausendeins eine Auferstehung nach jahrelanger Verramschtheit zu erleben, war der Boden bereitet für Verse wie

»Horch ein Schrank geht durch die Nacht
Voll mit nassen Hemden,
Den hab ich mir ausgedacht,
Um euch zu befremden.«

Eins – zwei und drei fehlen: Mit dem »Hau« und mit der »Besternten Ernte« hatten F. W. Bernstein und ich das gemeinsam zu Sagende gesagt, nur gingen wir nolens volens den Weg vieler Künstler, die als Gruppenkünstler beginnen, als Mitglieder der »Brücke« oder des »Blauen Reiter«, um sodann als Originalkünstler zu enden: F. W. Bernstein und ich dichteten immer häufiger erst solistisch, dann ganz und gar jeder für sich, blieben einander jedoch durch den Geist unserer Solo-Gedichtbände verbunden: Als wir 1981 je einen Gedichtband veröffentlichten, F.W. Bernstein den Gedichtband »Reimwärts«, ich den »Wörtersee«, hätten wir noch einmal, zum letzten Mal, Gedichte austauschen können. Doch das sollte sich ändern.

1987 lege ich den Gedichtband »Körper in Cafés« vor, in welchem ich erstmals jenen Spagat zwischen Standbein und Spielbein, Ernstbein und Spaßbein, Verschlüsselbein und Entschlüsselbein versuche, den ich in meiner bisher letzten Gedichtesammlung auch habe Titel werden lassen: »Später Spagat«.

1988 zieht Bernstein mit »Lockruf der Liebe« nach, und er bleibt dem dezidiert komischen Gedicht treu, bis hin zur Summe seines Dichtens: 2003 bringt der Antje Kunstmann Verlag Bernsteins »Gesammelte Gedichte« heraus, eine durch und durch komische Blütenlese, die mich nachdenklich stimmte.

Im Laufe meiner Überlegungen zur Ernst- und zur Spaßdichterei glaubte ich, einen einleuchtenden Merksatz gefunden zu haben: »Es gibt keine komischen Dichter, nur Verfasser komischer Gedichte« – ergänze: weil all unsere Verfasser herausragend komischer Gedichte auch, manchmal sogar vorwiegend, ernste Gedichte geschrieben haben: Heine, Morgenstern, Ringelnatz.

Im deutschen Dichterraum wüßte ich nur eine Ausnahme zu nennen, einen durchgehend auf Komik kaprizierten Dichter: Es ist Heinz Erhardt.

Doch geht es an, den Schwaben F.W. Bernstein und den Balten Heinz Erhardt in einen Topf zu werfen? Keineswegs!

Der Bernstein kommt aus Göppingen,
der Erhardt kommt aus Riga.
Sie dichten Komisches, jedoch
nicht in der gleichen Liga.

Die Unterschiede fallen ins Auge, seien jedoch auf die Schnelle festgehalten. Heinz Erhardt ist zeit seines Lebens bedacht, seinem Publikumsaffen das zu geben, was er erwartet: komischen Zucker. Er dichtete, um Erwartungen zu erfüllen.

F.W. Bernstein aber biedert sich zu keinem Zeitpunkt irgendeiner Klientel an, er erkundet statt dessen immer persönlichere Bereiche der Komik und wagt sich seit seinen Berliner Tagen in immer riskantere Tiefen der Scherzbergwerke vor. Kein Wunder, daß er meine Suchbewegungen im Grenzreich der Ernst- und Komikregionen mit Mißtrauen verfolgt und mit leiser, aber deutlicher Kritik bedenkt.

Am deutlichsten, und zugleich am schönsten, tut er dies in einem Gedicht, das mit »Lieber Robert« anhebt, um zuerst mein Gedicht vom »Weinreinbringer« zu preisen. Dann aber:

Einige Gedichte wirken auf mich zu ökonomisch
Mit nur Pointen, die sind schon komisch,
Doch ist nur ein einziger Effekt
Bezweckt.

Das reicht lang hin! ruft mir F. W. Bernstein zu, andere Gedichte aber seien ihm lieber, solche »wo Wörter rumpeln, wo der Sinn entflieht, wo die Sprache sich wutsch dem Verständnis entzieht«. Worauf Bernstein – krabatsch – sein Credo auf den Tisch legt:

»Überhaupt Bedeutung – darauf ist gepfiffen!
Was taugen Gedichte, die man begriffen?«

Was taugen unbegriffene? könnte die Gegenfrage lauten, doch verlassen wir dieses verminte Gelände, um im hellen Licht der Hochkomik festzustellen, daß F. W. Bernstein in seinen Gedichten aber auch nichts ausgespart hat, was abendländliches Denken, Dichten und Dämmern so alles an bedeutungsvollem Personal hat Wort oder Bild werden lassen: Den Sündenfall samt seinem Gegenstück, der Apokalypse, dem Weltuntergang schließlich.

Und natürlich spielt auch der Tod mit, begleitet von der Liebe, von Luscht und Geischt, von Künstlern aller Couleur, von Tyrannen, Attentätern, Politikern und Skinheads – nur daß F. W. Bernstein all den Zumutungen nicht mit abwehrenden Tendenzgedichten begegnet, sondern daß ihm das alles Anlaß ist, die ganze Bedeutungshuberei daraufhin abzuklopfen, was ihnen an Komik abzugewinnen ist: Wenn die Sinnstifter tafeln, sammelt sich unter ihren hohen Tischen der Abfall, sprich: der Unsinn.

Unsinn, der nicht mit Blödsinn, Blödelei, Stumpfsinn gar verwechselt werden darf, und der schon dadurch geadelt wird, daß

F. W. Bernstein ihn bei Bedarf in den Prachtgewändern der Dichtkunst auffahren läßt, in Form von Sonetten, Hymnen, Xenien und anderen vertrackten Reimspezialitäten. Er beherrscht sie alle, der Bernstein, doch gewinnt er mit der gleichen Souveränität dem simplen Schüttelreim dadurch letzten Glanz ab, daß er ihn der Aufgabe, Sinn zu transportieren entbindet, auf daß der sich schrankenlos und schamlos der schieren Sprache bemächtige.

Bernsteins Insistieren auf Komik, seine Unbedingtheit, dieser Komik nicht das zu verwehren, was ihr gemeinhin von der wohlmeinenden Kritik angekreidet wird, die Bandbreite zwischen Feinsinnigkeit – »köstlich, köstlich« – und Grobsinnlichkeit – »pubertär« –: Das macht ihn und sein Dichten zu einem einzigartig exemplarischen Sonderfall deutscher Komik und Nonsenspoesie. Wer immer ins weite Feld des komischen Gedichts einzudringen sich anschickt, er wird, fürchte ich, immer wieder auf Bernsteins Markierungen stoßen: »Ik bün all dor!«

Auf die Bedeutung ist doch gepfiffen, Fritz? Nimm's mir nicht übel, wenn ich deinem dichterischen Lebensweg nicht nur ein »Bedeutsam« zuspreche, sondern dir zusätzlich nach Staatsmännerart den Orden »Bedeutend« umhänge: »F. W. Bernstein hat sich um die deutsche Komik verdient gemacht.«

***F. W. Bernstein*** wird 1938 als Fritz Weigle im schwäbischen Göppingen geboren. Sein Vater, Stellmachermeister in einem Sägewerk, bringt während der Kriegsjahre Sperrholzplatten zur Verdunklung mit nach Hause, auf denen der kleine Fritz mit einem dicken Zimmermannsbleistift auf dem Arm des Vaters seine ersten Zeichenversuche macht. Nach dem Abitur geht Bernstein zunächst nach Stuttgart, um dort an der Hochschule für bildende Künste zu studieren. Dort trifft er Robert Gernhardt, mit dem er zwei Jahre später nach Berlin wechselt, um an der Kunstakademie in der Hardenbergstraße zu studieren. 1960 kehren sie gemeinsam nach Stuttgart zurück, wo sie im Frühjahr 1961 die Kunsterzieherprüfung ablegen. 1961 folgt die Wiederaufnahme des Grafikstudiums in Berlin bei gleichzeitigem Germanistikstudium an der Freien Universität, das beide 1964 mit einer Prüfung im Nebenfach Deutsch abschließen. Ein gemeinsam mit Robert Gernhardt verfasstes Manuskript, eine Anleitung zum Thema Kunstdiebstahl und Kunstfälschung, entsteht bereits während der Studienjahre, und die Freunde sind unschlüssig, was damit zu tun sei. Eine Buchhändlerin empfiehlt, das Manuskript an den Bärmeier&Nikel Verlag zu schicken, der für seine »Schmunzelbücher« bekannt ist. Zwar kann der Verlag, der prompt antwortet, den Band nicht veröffentlicht, jedoch werden Teile daraus für die neu gegründete Satirezeitschrift »pardon« verwendet, für die Bernstein und Gernhardt schon bald als Redakteure zu arbeiten beginnen.

Im Gegensatz zu seinen Weggefährten der »Neuen Frankfurter Schule« geht Bernstein in seinen akademischen Beruf und beginnt 1966 sein Referendariat und dann den Schuldienst. Mitte der siebziger Jahre zieht er mit seiner Familie nach Göttingen, wo er eine Stelle an der PH hat. 1982 wird er für eine Gastprofessur ein Semester nach Berlin gerufen: 1984 richtet man an der HdK bundesweit die erste und einzige »Professur für Karikatur und Bildgeschichte« ein, die Bernstein bis zu seinem Ruhestand 1999 innehat. Noch bei »pardon« gibt er mit Gernhardt und Waechter die Nonsensebeilage »Welt im Spiegel« heraus und veröffentlicht 1966 zusammen mit Robert Gernhardt und F. K. Waechter »Die Wahrheit über Arnold Hau«, dem »Besternte Ernte« (mit Robert Gernhardt, 1976) folgt, bevor 1981 mit »Reimwärts« der erste eigene Gedichtband erscheint. Es geht weiter mit »Sternstunden eines Federhalters« (1986), »Lockruf der Liebe« (1988) und »Die Stunde der Männertränen« (1995), gefolgt von »Bernsteins Buch der Zeichnerei« (1989), »Der Blechbläser und sein Kind« (1993), »Wenn Engel, dann solche« (1995), »Berliner Bilderbuch bromineter Bersönlichkeiten« (mit Manfred Bofinger, 1999), »Elche, Molche, Ich und Du« (2000), »Der Untergang Göttingens (2000), »Die Gedichte« (2003), »In mir erwacht das Tier« (Hörbuch mit Anne Bärenz und Frank Wolff, 2004) und »Die Superfusseldüse« (2006).

F. W. Bernstein ist als Zeichner, Cartoonist und Illustrator ebenso produktiv wie als Dichter und Schriftsteller. Zusammen mit Robert Gernhardt, F. K. Waechter, Chlodwig Poth, Hans Traxler, Eckhard Henscheid, Pit Knorr und Bernd Eilert wird er zu den Vertretern der »Neuen Frankfurter Schule« gezählt. 2003 wurde er mit dem »Göttinger Elch« und als Mitglied der »Neuen Frankfurter Schule« mit dem »Binding-Kulturpreis« der Stadt Frankfurt ausgezeichnet.

## *Alphabetisches Verzeichnis der Gedicht*anfänge *und -überschriften*

Quellennachweis: Sämtliche Gedichte dieses Bandes stammen aus F.W. Bernstein, Die Gedichte, Verlag Antje Kunstmann München, 2003

Günter Nehm
**Verspektiven**
Herausgegeben von Robert Gernhardt
Titelillustration: Robert Gernhardt

Band 17231

Hell und Schnell – Die Sammlung komischer Gedichte
Herausgegeben von Robert Gernhardt
und Klaus Cäsar Zehrer
Band 1

Ein genialer Jongleur mit Worten und mit Reimen: Günter Nehm gilt unter Kennern als einer der wichtigsten humoristischen Dichter der Gegenwart. Er hat den Schüttelreim neu belebt, herrliche Unsinns-Gedichte verfasst und eine Parade von Palindromen vorgelegt. Robert Gernhardt präsentiert eine Auswahl aus dem Werk von Günter Nehm: eine Einladung, einen Dichter kennen zu lernen, der sich glanzvoll in die Reihe von Morgenstern. Ringelnatz, Roth und Erhardt stellt.

»Was Nehm da mit der Sprache anstellt,
stimmt ähnlich heiter wie gelungene Jonglage
oder gewagte Equilibristik.«
*Robert Gernhardt*

Fischer Taschenbuch Verlag

fi 17231 / 2

Kurt Tucholsky
**Das Ganze halt!**
Herausgegeben von Klaus Cäsar Zehrer
Titelillustration: Hans Traxler

Band 17232

Hell und Schnell – Die Sammlung komischer Gedichte
Herausgegeben von Robert Gernhardt
und Klaus Cäsar Zehrer
Band 2

Kurt Tucholskys Witz war geradezu unerschöpflich: Seine Gedichte und Chansons zielen mal elegant, mal dreist treffsicher auf eine Pointe. Klaus Caesar Zehrer stellt in diesem Band den komischen Dichter Tucholsky vor – jedoch nicht als harmlosen Humoristen. Denn Tucholsky dienten seine frechen Lieder und Gedichte zur kompromisslosen Gesellschaftskritik. Dieser Band bietet eine Auswahl, die den besondern Humor von Tucholsky zeigt – unerschrocken vermag er auch dann noch zu lachen, wenn anderen das Lachen schon längst vergangen ist.

Fischer Taschenbuch Verlag

fi 17232 / 1

Alexander Moszkowski

**Mensch, reime dich!**

Titelillustration: Nikolaus Heidelbach

Band 17358

Hell und Schnell – Die Sammlung komischer Gedichte
Herausgegeben von Robert Gernhardt
und Klaus Cäsar Zehrer
Band 3

Alexander Moszkowski war einer der originellsten und populärsten Lyriker der Kaiserzeit und der Weimarer Republik. Als Chefredakteur der »Lustigen Blätter« verfasste er eine ungemein große Zahl komischer Gedichte. Die Bücher des jüdischen Autors wurden jedoch von den Nationalsozialisten nicht mehr nachgedruckt. Zum ersten Mal seit 1930 erscheint nun wieder ein Buch des einst so berühmten Sprachartisten. Klaus Cäsar Zehrer hat die besten und kunstvollsten Gedichte Moszkowskis ausgewählt, um einen Autor in Erinnerung zu rufen, der alle Genres des Witzes und alle Sprachspiele meisterhaft beherrschte.

Fischer Taschenbuch Verlag

fi 17358 / 1

Robert Gernhardt
Klaus Cäsar Zehrer (Hg.)
**Bilden Sie mal einen Satz mit**
Titelillustration: Greser / Lenz

Band 17437

Hell und Schnell – Die Sammlung komischer Gedichte
Herausgegeben von Robert Gernhardt
und Klaus Cäsar Zehrer
Band 4

»Bilden Sie mal einen Satz mit …« – so lautet die Formel für ein poetisches Vergnügen besonderer Art. Robert Gernhardt hatte 1981 diesen Reimsport erfunden, der schnell Berühmtheit erlangte und zum Gesellschaftsspiel wurde. Im Jahre 2005 haben Robert Gernhardt und Klaus Cäsar Zehrer nun zu einem regelrechten Dichterwettstreit aufgerufen und einige hundert Dichter spielten mit. Dieser Band versammelt die allerbesten, d. h. raffiniertesten, ausgefallensten, elegantesten und dreistesten Gedichte. Ein herrlicher Spaß und eine Einladung auch einmal selbst einen Satz mit … zu bilden.

Fischer Taschenbuch Verlag

fi 17437 / 1

Michael Schönen

**Frohe Kunden**

Herausgegeben von Klaus Cäsar Zehrer

Titelillustration: Rudi Hurzlmeier

Band 17555

Hell und Schnell – Die Sammlung komischer Gedichte

Herausgegeben von Robert Gernhardt

und Klaus Cäsar Zehrer

Band 6

In der Slam-Poetry-Szene ist er bereits ein Star: Live trägt Michael Schönen seine Gedichte so wirkungsvoll vor, dass er regelmäßig als Sieger von der Bühne geht. Mit diesem Band kann erstmals in größerem Umfang nachgeprüft werden, dass seine Verse auch auf Papier eine hervorragende Figur machen. Die Entdeckung eines komischen Lyrikers, der in der Tradition von Ringelnatz, Kästner und Erhardt steht, aber einen ganz eigenen, zeitgemäßen Tonfall entwickelt.

»Der Christian Morgenstern der Punkrock-Generation«

*Matthias Seling, Quatsch Comedy Club*

Fischer Taschenbuch Verlag

fi 17555 / 1

**Hell und Schnell**
555 komische Gedichte aus 5 Jahrhunderten
Herausgegeben von Robert Gernhardt
und Klaus Cäsar Zehrer

Band 15934

Heine, Busch, Morgenstern, Wedekind
in diesem Buche* versammelt sind.
Ringelnatz, Valentin, Loriot
ebenso.
Und wo sind Goethe und Hölderlin?
Auch mit drin.**

* die abwechslungs-, lehr- und geistreichste Sammlung komischer Gedichte deutscher Sprache.

** sowie mehr als zweihundert weitere helle und schnelle, altbekannte und neuentdeckte, historische und heutige, hochkomische und tiefsinnige Dichter, Liedtexter, Sprachspieler und Parodisten.

»Gründlicher und vollständiger ist man über das komische Gedicht in deutscher Sprache noch nicht unterrichtet worden.«
*Thomas Steinfeld, Süddeutsche Zeitung*

Fischer Taschenbuch Verlag

fi 15934 / 1

Robert Gernhardt
F. W. Bernstein

**Hört, hört!**

Das WimS-Vorlesebuch

Band 13227

»WimS« steht für »Welt im Spiegel«, die schon legendäre Beilage der Satire-Zeitschrift »pardon« und das Erkennungszeichen für etwas, was es in Deutschland bis dahin kaum gegeben hat: Hochkomik. Zu finden ist eine fast unerschöpfliche Vielfalt von Anekdoten, Kalauern, Lebenshilfen und aberwitzigen Albernheiten. »Hört, hört!« bietet eine Auswahl der lesens – und vorlesenswertesten Anekdoten, und wer glaubt, diese Texte seien inzwischen veraltet, der irrt gewaltig. Die Augen des Kenners werden bei der erneuten Lektüre wissend zu leuchten beginnen, neuen Lesern öffnet sich eine Schatzkiste an sprachverspielten Scherzartikeln. Bleibt nur noch die Empfehlung: Lest, lest!

Fischer Taschenbuch Verlag

fi 13227 / 1